KB265573

도서출판 선영사

Sun Young Publishing Co.

돈성영사
Sun Young Publishing Co.

백석 시집

내가 생각하는 것은

선영사

● 이 책에서 제1부는 신문이나 잡지에 발표된 작품을 연대순으로 실었으며, 제2부는 1936년에 발표된 시집 《사슴》을 실었다.
● 표기법은 되도록 원문에 따랐으나 맞춤법이나 띄어쓰기 등은 현대 표기법으로 고쳤다.

일러두기

차례와 연보 •••

평안북도 정주군 오산 마을에서
출생하여 1929년 오산고보를 졸업한 백석은
더 이상 진학하지 못하고
1930년 19세로 〈조선일보〉 신춘문예에
'그 모(母)와 아들'이 당선되었다.

1934년 방응모의 도움으로
일본의 청산학원에 입학. 3년 뒤
우수한 성적으로 졸업한 후 1935년 첫 시
'정주성'을 비롯한 여인을 그리며 쓴 '키쓰의 시문학'
등 수필·시·소설 등을 발표하였다.

• • •

1936년 초호화판 시집 '사슴'을 출판하여
문단에 큰 충격을 준 후
함흥의 영생고보에 영어교사로 부임하였다.
1937년에 본격적으로 시를 발표하며
1938년에 '고향', '내가 생각하는 것은'
등 많은 작품을 발표하였다.

1941년 러시아 문학 작품의 번역에 주력했고,
솔로호프의 '고요한 돈강', '푸쉬킨 시집' 등의
번역서를 내었다. 1945년 북한의 우익 문인으로
활동하다가 60년대에 숙청당하여 일본에서
사망한 것으로 알려졌다.

내가 생각하는 것은

백석 시집

나와 지렁이

내 지렁이는
커서 구렁이가 되었습니다
천년 동안만 밤마다 흙에 물을 주면 그 흙이 지렁이가
되었습니다
장마 지면 비와 같이 하늘에서 나려왔습니다
뒤에 붕어와 농다리*의 미끼가 되었습니다
내 이과책에서는 암컷과 수컷이 있어서 새끼를 낳았습
니다
지렁이의 눈이 보고 싶습니다
지렁이의 밥과 집이 부럽습니다

<1935. 11. '조광(朝光)'>

山地

갈부던[*] 같은 약수터의 산(山)거리
여인숙이 다래나무 지팽이와 같이 많다

시냇물이 버러지 소리를 하며 흐르고
대낮이라도 산 옆에서는
승냥이가 개울물 흐르듯 운다

소와 말은 도로 산으로 돌아갔다
염소만이 아직 된비가 오면 산개울에 놓인 다리를 건너
인가(人家) 근처로 뛰어온다

벼랑탁의 어두운 그늘에 아침이면
부엉이가 무거웁게 날아온다
낮이 되면 더 무거웁게 날아가 버린다

산너머 시오 리(十五里)서 나무둥치 차고 싸리신 신고
산(山)비에 촉촉히 젖어서 약물을 받으러 오는 산(山)아이
도 있다

아비가 앓는가부다
다래 먹고 앓는가부다
아랫마을에서는 애기무당이 작두를 타며 굿을 하는 때
가 많다

<1935. 11. '조광'>

統營

　구마산(舊馬山)의 선창에선 좋아하는 사람이 울며 나리
는 배에 올라서 오는 물길이 반날
　갓 나는 고당*은 가깝기도 하다

　바람 맛도 짭짤한 물맛도 짭짤한

　전복에 해삼에 도미 가재미의 생선이 좋고
　파래에 아개미에 호루기*의 젓갈이 좋고

　새벽녘의 거리엔 쾅쾅 북이 울고
　밤새껏 바다에선 뿡뿡 배가 울고

　자다가도 일어나 바다로 가고 싶은 곳이다

　집집이 아이만한 피도 안 간 대구를 말리는 곳
　황화장사 영감이 일본말을 잘도 하는 곳
　처녀들은 모두 어장주(漁場主)한테 시집을 가고 싶어한
다는 곳

　산너머로 가는 길 돌각담에 갸웃하는 처녀는 금(錦)이라
던 이 같고
　내가 들은 마산 객주집의 어린 딸은 난(蘭)이라는 이
같고

난이라는 이는 명정(明井)골에 산다던데

명정골은 산을 넘어 동백나무 푸르른 감로 같은 물이
솟는 명정샘이 있는 마을인데

샘터엔 오구작작 물을 긷는 처녀며 새악시들 가운데 내
가 좋아하는 그이가 있을 것만 같고

내가 좋아하는 그이는 푸른 가지 붉게붉게 동백꽃 피는
철엔 타관 시집을 갈 것만 같은데

긴 토시 끼고 큰머리 얹고 오불고불 넘엣거리로 가는 여
인은 평안도서 오신 듯한데 동백꽃 피는 철이 그 언제요

옛 장수 모신 낡은 사당의 돌층계에 주저앉아서 나는
이 저녁 울듯 울듯 한산도 바다에 뱃사공이 되어가며

영 낮은 집 담 낮은 집 마당만 높은 집에서 열나흘 달
을 업고 손방아만 찧는 내 사람을 생각한다

<1936. 1. 23. '조선일보'>

오리

오리야 네가 좋은 청명(淸明) 밑께 밤은
옆에서 누가 뺨을 쳐도 모르게 어둡다누나
오리야 이때는 따디기*가 되어 어둡단다

아무리 밤이 좋은들 오리야
해변벌에선 얼마나 너희들이 욱자지껄하며 멕이기에
해변땅에 나들이 갔던 할머니는
오리새끼들은 장몽*이나 하듯이 떠들썩하니 시끄럽기도
하더란 숭인가

그래도 오리야 호젓한 밤길을 가다
가까운 논배미들에서
까알까알하는 너희들의 즐거운 말소리가 나면
나는 내 마을 그 아는 사람들의 지껄지껄하는 말소리같
이 반가웁고나
오리야 너희들의 이야기판에 나도 들어
밤을 같이 밝히고 싶고나

오리야 나는 네가 좋구나 네가 좋아서
벌논의 늪 옆에 쭈구렁벼알 달린 짚검불을 널어놓고
닭의짖 올코*에 새끼달은치를 묻어놓고
동둑 넘에 숨어서
하루종일 너를 기다린다

오리야 고운 오리야 가만히 안겼거라
너를 팔아 술을 먹는 노(盧)장에 영감은
홀아비 소의연* 침을 놓는 영감인데
나는 너를 백통전 하나 주고 사오누나

나를 생각하던 그 무당의 딸은 내 어린 누이에게
오리야 너를 한 쌍 주더니
어린 누이는 없고 저는 시집을 갔다건만
오리야 너는 한 쌍이 날아가누나

<1936. 2. '조광'>

伊豆國湊街道

옛적본의 휘장마차에
어느메 촌중의 새 새악시와도 함께 타고
먼 바닷가의 거리로 간다는데
금귤이 눌한 마을마을을 지나가며
싱싱한 금귤을 먹는 것은 얼마나 즐거운 일인가
<1936. 3. '조선일보'>

昌原道
── 南行詩抄 1

솔포기에 숨었다
토끼나 꿩을 놀래주고 싶은 산허리의 길은

엎대서 따스하니 손 녹이고 싶은 길이다

개 데리고 호이호이 휘파람 불며
시름 놓고 가고 싶은 길이다

괴나리봇짐 벗고 땃불 놓고 앉아
담배 한 대 피우고 싶은 길이다

승냥이 줄레줄레 달고 가며
덕신덕신 이야기하고 싶은 길이다

더꺼머리총각은 정든 님 업고 오고 싶은 길이다

<1936. 3. '조선일보'>

湯藥

눈이 오는데
토방에서는 질화로 우에 곱돌탕관에 약이 끓는다
삼에 숙변에 목단에 백복령*에 산약*에 택사*의 몸을
보한다는 육미탕(六味湯)이다
약탕관에서는 김이 오르며 달큼한 구수한 향기로운 내
음새가 나고
약이 끓는 소리는 삐삐 즐거웁기도 하다

그리고 다 달인 약을 하이얀 약사발에 밭아놓은 것은
아득하니 깜하여 만년(萬年) 옛적이 들은 듯한데
나는 두 손으로 고이 약그릇을 들고 이 약을 내인 옛사
람들을 생각하노라면
내 마음은 끝없이 고요하고 또 맑아진다
<1936. 3. '시와 소설'>

연자간

달빛도 거지도 도적개도 모두 즐겁다
풍구재*도 얼룩소도 쇠드랑볕도 모두 즐겁다

도적팽이 새끼락이 나고
살찐 쪽제비 트는 기지개 길고

홰냥닭은 알을 낳고 소리치고
강아지는 겨를 먹고 오줌 싸고

개들은 게모이고 쌈짓거리하고
놓여난 도야지 둥구 재벼오고*

송아지 잘도 놀고
까치 보해 짖고

신영길 말이 울고 가고
장돌림 당나귀도 울고 가고

대들보 우에 베틀도 채일도 토리개도 모두들 편안하니
구석구석 후치*도 보십도 소시랑도 모두들 편안하니

<1936. 3. '조광'>

黃日

　한 십 리 더 가면 절간이 있을 듯한 마을이다 낮 기울
은 볕이 장글장글하니 따사하다 흙은 젖이 커서 살같이
깨서 아지랑이 낀 속이 안타까운가보다 뒤울 안에 복사꽃
핀 집엔 아무도 없나보다 비인 집에 꿩이 날아와 다니나
보다 울 밖 늙은 들매나무에 튀튀새 한불 앉았다 흰구름
따라가며 딱정벌레 잡다가 연둣빛 잎새가 좋아 올라왔나
보다 밭머리에도 복사꽃 피었다 새악시도 피었다 새악시
복사꽃이다 복사꽃 새악시다 어데서 송아지 매—하고 운
다 골갯논*두렁에서 미나리 밟고 서서 운다 복사나무 아
래가 흙장난하며 놀지 왜 우노 자개밭둑*에 엄지 어데 안
가고 누웠다 아랫동리선가 말 웃는 소리 무서운가 아랫동
리 망아지 네 소리 무서울라 담모도리 바윗잔등에 다람쥐
해바라기하다 조은다 토끼잠 한잠 자고 나서 세수한다 흰
구름 건넛산으로 가는 길에 복사꽃 바라노라 섰다 다람쥐
건넛산 보고 부르는 푸념이 간지럽다
　저기는 그늘 그늘 여기는 챙챙—
　저기는 그늘 그늘 여기는 챙챙—

<1936. 3. '조광'>

統營
——南行詩抄 2

통영(統營)장 낫대들었다

갓 한 닢 쓰고 건시 한 접 사고 홍공단단기 한 감 끊고
술 한 병 받아들고

화륜선 만져보러 선창 갔다

오다 가수내* 들어가는 주막 앞에
문둥이 품바타령 듣다가

열이레 달이 올라서
나룻배 타고 판데목* 지나간다 간다

<1936. 3. 6. '조선일보'>

固城街道
—— 南行詩抄 3

고성(固城)장 가는 길
해는 둥둥 높고

개 하나 얼씬하지 않는 마을은
해밝은 마당귀에 맷방석 하나
빨갛고 노랗고
눈이 시울은 곱기도 한 건반밥
아 진달래 개나리 한참 피었구나

가까이 잔치가 있어서
곱디고운 건반밥*을 말리우는 마을은
얼마나 즐거운 마을인가

어쩐지 당홍치마 노란저고리 입은 새악시들이
웃고 살 것만 같은 마을이다

<1936. 3. 7. '조선일보'>

三千浦
——南行詩抄 4

졸레졸레 도야지새끼들이 간다
귀밑이 재릿재릿하니 볕이 담복 따사로운 거리다

잿더미에 까치 오르고 아이 오르고 아지랑이 오르고

해바라기 하기 좋을 볏곡간 마당에
볏짚같이 누우런 사람들이 둘러서서
어느 눈 오신 날 눈을 치고 생긴 듯한 말다툼 소리도
누우러니

소는 기르매 지고 조은다

아 모두들 따사로이 가난하니

<1936. 3. 8. '조선일보'>

바다

바닷가에 왔더니
바다와 같이 당신이 생각만 나는구려
바다와 같이 당신을 사랑하고만 싶구려

구붓하고 모래톱을 오르면
당신이 앞선 것만 같구려
당신이 뒤선 것만 같구려

그리고 지중지중 물가를 거닐면
당신이 이야기를 하는 것만 같구려
당신이 이야기를 끊은 것만 같구려

바닷가는
개지꽃에 개지 아니 나오고
고기비늘에 하이얀 햇볕만 쇠리쇠리하여
어쩐지 쓸쓸만 하구려 섧기만 하구려

<1937. 10. '여성(女性)'>

咸州詩抄

북관(北關)

명태창난젓에 고추무거리에 막 칼질한 무를 비벼 익힌
것을
이 투박한 북관을 한없이 끼밀고 있노라면
쓸쓸하니 무릎은 꿇어진다

시큼한 배척한 퀴퀴한 이 내음새 속에
나는 가느슥히 여진(女眞)의 살내음새를 맡는다

얼근한 비릿한 구릿한 이 맛 속에선
까마득히 신라 백성의 향수도 맛본다

노루

장진(長津)땅이 지붕 넘에 넘석하는 거리다
자구나무 같은 것도 있다
기장감주에 기장차떡이 흔한 데다
이 거리에 산골사람이 노루새끼를 데리고 왔다

산골사람은 막베둥거리* 막베잠방둥에*를 입고
노루새끼를 닮았다
노루새끼 등을 쓸며
터 앞에 당콩순*을 다 먹었다 하고
서른닷 냥 값을 부른다

노루새끼는 다문다문 흰 점이 백이고 배 안의 털을 너
슬너슬 벗고
산골사람을 닮았다

산골사람의 손을 핥으며
약자에 쓴다는 흥정 소리를 듣는 듯이
새까만 눈에 하이얀 것이 가랑가랑한다

고사(古寺)
부뚜막이 두 길이다
이 부뚜막에 놓인 사닥다리로 자박수염 난 공양주는 성
궁미*를 지고 오른다

한 말 밥을 한다는 크나큰 솥이
외면하고 가부틀고 앉아서 염주도 세일 만하다

화라지송침*이 단 채로 들어간다는 아궁지
이 험상궂은 아궁지도 조앙님은 무서운가보다

농마루며 바람벽은 모두들 그느슥히
흰밥과 두부와 튀각과 자반을 생각나 하고

하폄*도 남즉하니 불기와 유종들이

묵묵히 팔짱 끼고 쭈그리고 앉았다

재 안 드는 밤은 불도 없이 캄캄한 까막나라에서
조앙님은 무서운 이야기나 하면
모두들 죽은 듯이 엎대었다 잠이 들 것이다

선우사(膳友辭)
낡은 나조반에 흰밥도 가재미도 나도 나와앉아서
쓸쓸한 저녁을 맞는다

흰밥과 가재미와 나는
우리들은 그 무슨 이야기라도 다 할 것 같다
우리들은 서로 미덥고 정답고 그리고 서로 좋구나

우리들은 맑은 물 밑 해정한 모래톱에서 하구 긴 날을
모래알만 헤이며 잔뼈가 굵은 탓이다
바람 좋은 한벌판에서 물닭이 소리를 들으며 단이슬 먹
고 나이 들은 탓이다
외따른 산골에서 소리개 소리 배우며 다람쥐 동무하고
자라난 탓이다

우리들은 모두 욕심이 없어 희어졌다
착하디착해서 세괏*은 가시 하나 손아귀 하나 없다

28

너무나 정갈해서 이렇게 파리했다

우리들은 가난해도 서럽지 않다
우리들은 외로워할 까닭도 없다
그리고 누구 하나 부럽지도 않다

흰밥과 가재미와 나는
우리들이 같이 있으면
세상 같은 건 밖에 나도 좋을 것 같다

산곡(山谷)
돌각담에 머루송이 깜하니 익고
자갈밭에 아주까리알이 쏟아지는
잠풍하니 볕바른 골짜기다
나는 이 골짝에서 한겨울을 나려고 집을 한 채 구하였다
집이 몇 집 되지 않는 골 안은
모두 터앝에 김장감이 퍼지고
뜨락에 잡곡낟가리가 쌓여서
어느 세월에 비일 듯한 집은 뵈이지 않았다
나는 자꾸 골 안으로 깊이 들어갔다

골이 다한 산대 밑에 자그마한 돌능와집이 한 채 있어서
이 집 남길동* 단 안주인은 겨울이면 집을 내고

산을 돌아 거리로 나려간다는 말을 하는데
해바른 마당에는 꿀벌이 스무나문 통 있었다

낮 기울은 날을 햇볕 장글장글한 툇마루에 걸터앉아서
  지난 여름 도락구를 타고 장진(長津)땅에 가서 꿀을 치
고 돌아왔다는 이 벌들을 바라보며 나는
  날이 어서 추워져서 쑥국화꽃도 시들고
  이 바즈런한 백성들도 다 제집으로 들은 뒤에
  이 골 안으로 올 것을 생각하였다

<1937. 10. '조광'>

秋夜一景

닭이 두 홰나 울었는데
안방 큰방은 홰즛하니[*] 당등을 하고
인간들은 모두 웅성웅성 깨어 있어서들
오가리[*]며 석박디[*]를 썰고
생강에 파에 청각에 마늘을 다지고

시래기를 삶는 훈훈한 방안에는
양념 내음새가 싱싱도 하다

밖에는 어데서 물새가 우는데
토방에선 햇콩두부가 고요히 숨이 들어갔다

<1938. 1. '삼천리문학'>

나와 나타샤와 흰 당나귀

가난한 내가
아름다운 나타샤를 사랑해서
오늘밤은 푹푹 눈이 나린다

나타샤를 사랑은 하고
눈은 푹푹 날리고
나는 혼자 쓸쓸히 앉아 소주를 마신다
소주를 마시며 생각한다
나타샤와 나는
눈이 푹푹 쌓이는 밤 흰 당나귀 타고
산골로 가자 출출이 우는 깊은 산골로 가 마가리에 살자

눈은 푹푹 나리고
나는 나타샤를 생각하고
나타샤가 아니 올 리 없다
언제 벌써 내 속에 고조곤히 와 이야기한다
산골로 가는 것은 세상한테 지는 것이 아니다
세상 같은 건 더러워 버리는 것이다

눈은 푹푹 나리고
아름다운 나타샤는 나를 사랑하고
어데서 흰 당나귀도 오늘밤이 좋아서 응앙응앙 울을 것
이다

<1938. 3. '여성'>

山中吟

산숙(山宿)
여인숙이라도 국수집이다
모밀가루포대가 그득하니 쌓인 웃간은 들믄들믄 더웁기
도 하다
나는 낡은 국수분틀과 그즈런히 나가 누워서
구석에 데굴데굴하는 목침들을 베어보며
이 산골에 들어와서 이 목침들에 새까마니 때를 올리고
간 사람들을 생각한다
그 사람들의 얼굴과 생업과 마음들을 생각해 본다

향악(饗樂)
초생달이 귀신불같이 무서운 산골거리에선
처마끝에 종이등의 불을 밝히고
쩌락쩌락 떡을 친다
감자떡이다
이젠 캄캄한 밤과 개울물 소리만이다

야반(夜半)
토방에 승냥이 같은 강아지가 앉은 집
부엌으론 무럭무럭 하이얀 김이 난다
자정도 훨씬 지났는데
닭을 잡고 모밀국수를 누른다고 한다
어느 산 옆에선 캥캥 여우가 운다

백화(白樺)

산골집은 대들보도 기둥도 문살도 자작나무다
밤이면 캥캥 여우가 우는 산도 자작나무다
그 맛있는 모밀국수를 삶는 장작도 자작나무다
그리고 감로같이 단샘이 솟는 박우물도 자작나무다
산너머는 평안도땅도 뵈인다는 이 산골은 온통 자작나
무다

<1938. 3. '조광'>

외갓집

내가 언제나 무서운 외갓집은

초저녁이면 안팎마당이 그득하니 하이얀 나비수염을 물
은 보득지근한 복쪽재비들이 씨굴씨굴 모여서는 쨩쨩쨩쨩
쉿스럽게 울어대고

밤이면 무엇이 기왓골에 무리돌을 던지고 뒤울안 배나
무에 쩨듯하니 줄등을 헤어달고 부뚜막의 큰 솥 작은 솥
을 모조리 뽑아놓고 재통*에 간 사람의 목덜미를 그냥그
냥 나려눌러선 잿다리* 아래로 처박고

그리고 새벽녘이면 고방 시렁에 채국채국 얹어둔 모랭
이 목판 시루며 함지가 땅바닥에 넘너른히 널리는 집이다

<1938. 4. '현대조선문학전집'>

개

접시 귀에 소기름이나 소뿔등잔에 아주까리 기름을 켜
는 마을에서는 겨울밤 개 짖는 소리가 반가웁다

이 무서운 밤을 아래웃방성* 마을 돌아다니는 사람은
있어 개는 짖는다

낮배* 어느메 치코*에 꿩이라도 걸려서 산너머 국수집
에 국수를 받으러 가는 사람이 있어도 개는 짖는다

김치 가재미선 동치미가 유별히 맛나게 익는 밤
　아배가 밤참 국수를 받으러 가면 나는 큰마니의 돋보기
를 쓰고 앉아 개 짖는 소리를 들은 것이다
<1938. 4. '현대조선문학전집'>

36

석양

거리는 장날이다
장날거리에 영감들이 지나간다
영감들은
말상을 하였다 범상을 하였다 쪽재피상을 하였다
개발코를 하였다 안장코를 하였다 질병코를 하였다
그 코에 모두 학실*을 썼다
돌체돋보기다 대모체돋보기다 로이도돋보기다
영감들은 유리창 같은 눈을 번득거리며
투박한 북관(北關)말을 떠들어대며
쇠리쇠리한 저녁해 속에
사나운 짐승같이들 사라졌다
<1938. 4. '삼천리문학'>

고향

나는 북관(北關)에 혼자 앓아누워서
어느 아침 의원을 뵈이었다
의원은 여래(如來) 같은 상을 하고 관공(關公)의 수염을
드리워서
먼 옛적 어느 나라 신선 같은데
새끼손톱 길게 돋은 손을 내어
묵묵하니 한참 맥을 짚더니
문득 물어 고향이 어데냐 한다
평안도 정주라는 곳이라 한즉
그러면 아무개씨 고향이란다
그러면 아무개씰 아느냐 한즉
의원은 빙긋이 웃음을 띠고
막역지간(莫逆之間)이라며 수염을 쓴다
나는 아버지로 섬기는 이라 한즉
의원은 또다시 넌지시 웃고
말없이 팔을 잡아 맥을 보는데
손길은 따스하고 부드러워
고향도 아버지도 아버지의 친구도 다 있었다

<1938. 4. '삼천리문학'>

절망

북관에 계집은 튼튼하다
북관에 계집은 아름답다
아름답고 튼튼한 계집은 있어서
흰 저고리에 붉은 길동을 달아
검정치마에 받쳐 입은 것은
나의 꼭 하나 즐거운 꿈이었더니
어느 아침 계집은
머리에 무거운 동이를 이고
손에 어린것의 손을 끌고
가파로운 언덕길을
숨이 차서 올라갔다
나는 한종일 서러웠다

<1938. 4. '삼천리문학'>

내가 생각하는 것은

포근한 봄철날 따디기의 누굿하니 푹석한 밤이다
거리에는 사람두 많이 나서 흥성흥성할 것이다
어쩐지 이 사람들과 친하니 싸다니고 싶은 밤이다

그렇건만 나는 하이얀 자리 우에서 마른 팔뚝의
새파란 핏대를 바라보며 나는 가난한 아버지를
가진 것과 내가 오래 그려오던 처녀가 시집을 간 것과
그렇게도 살뜰하던 동무가 나를 버린 일을 생각한다

또 내가 아는 그 몸이 성하고 돈도 있는 사람들이
즐거이 술을 마시러 다닐 것과
내 손에는 신간서(新刊書) 하나도 없는 것과
그리고 그 '아서라 세상사(世上事)'라도 들을
유성기도 없는 것을 생각한다

그리고 이러한 생각이 내 눈가를 내 가슴가를
뜨겁게 하는 것도 생각한다

<1938. 4. '여성'>

내가 이렇게 외면하고

내가 이렇게 외면하고 거리를 걸어가는 것은 잠풍 날씨*가 너무나 좋은 탓이고

가난한 동무가 새 구두를 신고 지나간 탓이고 언제나 꼭같은 넥타이를 매고 고운 사람을 사랑하는 탓이다

내가 이렇게 외면하고 거리를 걸어가는 것은 또 내 많지 못한 월급이 얼마나 고마운 탓이고

이렇게 젊은 나이로 코밑수염도 길러보는 탓이고 그리고 어느 가난한 집 부엌으로 달재 생선을 진장에 꼿꼿이 지진 것은 맛도 있다는 말이 자꾸 들려오는 탓이다

<1938. 5. '여성'>

가무래기의 樂

가무락조개 난 뒷간거리*에
빚을 얻으러 나는 왔다
빚이 안 되어 가는 탓에
가무래기*도 나도 모두 춥다
추운 거리의 그도 추운 능당* 쪽을 걸어가며
내 마음은 우쭐댄다 그 무슨 기쁨에 우쭐댄다
이 추운 세상의 한구석에
맑고 가난한 친구가 하나 있어서
내가 이렇게 추운 거리를 지나온 걸
얼마나 기뻐하며 낙단하고
그즈런히 손깍지베개하고 누워서
이 못된 놈의 세상을 크게 크게 욕할 것이다

<1938. 10. '여성'>

멧새 소리

처마끝에 명태를 말린다
명태는 꽁꽁 얼었다
명태는 길다랗고 파리한 물고긴데
꼬리에 길다란 고드름이 달렸다
해는 저물고 날은 다 가고 볕은 서러웁게 차갑다
나도 길다랗고 파리한 명태다
문턱에 꽁꽁 얼어서
가슴에 길다란 고드름이 달렸다

<1938. 10. '여성'>

물닭의 소리

삼호(三湖)

문기슭에 바다 햇자를 까꾸로 붙인 집
산듯한 청삿자리 우에서 찌륵찌륵
우는 전북회를 먹어 한여름을 보낸다

이렇게 한여름을 보내면서 나는 하늑이는
물살에 나이금이 느는 꽃조개와 함께
허릿도리가 굵어가는 한 사람을 연연해한다

물계리(物界里)

물 밑——이 세모래 닌함박*은 콩조개만 일다
모래장변——바다가 널어놓고 못미더워 드나드는 명주
필을 짓궂이 발뒤축으로 찢으면
날과 씨는 모두 양금줄이 되어
짜랑짜랑 울었다

대산동(大山洞)

비애고지 비애고지는
제비야 네 말이다
저 건너 노루섬에 노루 없더란 말이지
신미두* 삼각산엔 가무래기만 나더란 말이지

비애고지 비애고지는

제비야 네 말이다
푸른 바다 흰 하늘이 좋기도 좋단 말이지
해밝은 모래장변에 돌비 하나 섰단 말이지

비애고지 비애고지는
제비야 네말이다
눈빨갱이 갈매기 발빨갱이 갈매기 가란 말이지
승냥이처럼 우는 갈매기
무서워 가란 말이지

남향(南鄕)

푸른 바닷가의 하이얀 하이얀 길이다

아이들은 늘늘히 청대나무말*을 몰고
대모풍잠*한 늙은이 도요 한 마리를 드리우고 갔다
이 길이다
얼마 가서 감로 같은 물이 솟는 마을 하이얀 회담벽에
옛적본의 장반시계를 걸어놓은 집 홀어미와 사는 물새 같
은 외딸의 혼사말이 아즈랑이같이 낀 곳은

야우소회(夜雨小懷)

캄캄한 빗속에
새빨간 달이 뜨고

하이얀 꽃이 피고
먼바루 개가 짖는 밤은
어데서 물의 내음새 나는 밤이다

캄캄한 빗속에
새빨간 달이 뜨고
하이얀 꽃이 피고
먼바루 개가 짖고
어데서 물의 내음새 나는 밤은

나의 정다운 것들 가지 명태 노루 메추리 질동이 노랑
나비 바구지꽃 모밀국수 남치마 자개짚세기 그리고 천희
(千姬)라는 이름이 한없이 그리워지는 밤이로구나

꼴두기
신새벽 들망에
내가 좋아하는 꼴두기가 들었다
갓 쓰고 사는 마음이 어진데
새끼 그물에 걸리는 건 어인 일인가

갈매기 날아온다

입으로 먹을 뿜는 건

몇 십 년 도를 닦아 피는 조환가

앞뒤로 가기를 마음대로 하는 건
손자(孫子)의 병서(兵書)도 읽은 것이다
갈매기 쭝얼댄다

그러나 시방 꼴두기는 배창에 널부러져 새새끼 같은 울
음을 우는 곁에서
  뱃사람들의 언젠가 아홉이서 회를 쳐먹고도 남아 한 깃
씩 노나가지고 갔다는 크디큰 꼴두기의 이야기를 들으며
나는 슬프다
  갈매기 날아난다

<1938. 10. '조광'>

박각시 오는 저녁

당콩밥에 가지 냉국의 저녁을 먹고 나서
바가지꽃 하이얀 지붕에 박각시* 주락시* 붕붕 날아오면
집은 안팎 문을 횅 하니 열젖기고
인간들은 모두 뒷등성으로 올라 멍석자리를 하고 바람
을 쐬이는데
풀밭에는 어느새 하이얀 대림질감들이 한불 널리고
돌우래*며 팟중이 산 옆이 들썩하니 울어댄다
이리하여 하늘에 별이 잔콩 마당 같고
강낭밭에 이슬이 비 오듯 하는 밤이 된다

<1938. '조선문학 독본'>

넘언집 범 같은 노큰마니

　황토 마루 수무나무에 얼럭궁덜럭궁 색동헝겊 뜯개조박*
뵈짜배기 걸리고 오쟁이 끼애리* 달리고 소삼은* 엄신*
같은 딥세기도 열린 국수당고개를 몇 번이고 튀튀 침을 뱉
고 넘어가면 골 안에 아늑히 묵은 영동이 무겁기도 할 집
이 한 채 안기었는데

　집에는 언제나 센개 같은 게사니*가 벅작궁* 고아내고
말 같은 개들이 떠들썩 짖어대고 그리고 소거름 내음새
구수한 속에 엇송아지 히물쩍 너들씨는데*

　집에는 아배에 삼춘에 오마니에 오마니가 있어서 젖먹
이를 마을 청눙* 그늘 밑에 삿갓을 씌워 한종일내 뉘어두
고 김을 매러 다녔고 아이들이 큰마누래에 작은마누래에
제구실을 할 때면 종아지물본*도 모르고 행길에 아이 송
장이 거적때기에 말려나가면 속으로 얼마나 부러워하였고
그리고 끼때에는 부뚜막에 바가지를 아이들 수대로 주룬
히 늘어놓고 밥 한 덩이 질게 한 술 들여트려서는 먹었다
는 소리를 언제나 두고두고 하는데
　일가들이 모두 범같이 무서워하는 이 노큰마니는 구덕
살이*같이 욱실욱실하는 손자 증손자를 방구석에 들매나
무 회초리를 단으로 쩌다 두고 따리고 싸리갱이에 갓진
창을 매어놓고 따리는데

내가 엄매 등에 업혀가서 상사말*같이 항약*에 야기를
쓰면 한창 피는 함박꽃을 밑가지째 꺾어주고 종대*에 달
린 제물배*도 가지째 쪄주고 그리고 그 애끼는 게사니알
도 두 손에 쥐어주곤 하는데

우리 엄매가 나를 가지는 때 이 노큰마니는 어느 밤 크
나큰 범이 한 마리 우리 선산으로 들어오는 꿈을 꾼 것을
우리 엄매가 서울서 시집을 온 것을 그리고 무엇보다도
내가 이 노큰마니의 당조카의 맏손자로 난 것을 대견하니
알뜰하니 기꺼이 여기는 것이었다

<1939. 4. '문장(文章)'>

童尿賦

　봄철날 한종일내 노곤하니 벌불 장난을 한 날 밤이면
으레히 싸개 동당*을 지나는데 잘망하니 누워 싸는 오줌
이 넓적다리를 흐르는 따끈따끈한 맛 자리에 펑하니 괴이
는 척척한 맛

　첫여름 이른 저녁을 해치우고 인간들이 모두 터 앞에
나와서 물외포기에 당콩포기에 오줌을 주는 때 터 앞에
밭마당에 샛길에 떠도는 오줌의 매캐한 재릿한 내음새

　긴긴 겨울밤 인간들이 모두 한잠이 들은 재밤중에 나
혼자 일어나서 머리맡 쥐발 같은 새끼오강에 한없이 누는
잘 매렵던 오줌의 사르릉 쪼로록 하는 소리

　그리고 또 엄매의 말엔 내가 아직 굳은 밥을 모르던 때
살갗 퍼런 막내고무가 잘도 받아 세수를 하였다는 내 오
줌빛은 이슬같이 샛말갛기도 샛맑았다는 것이다

<1939. 6. '문장'>

安東

이방(異邦) 거리는
비 오듯 안개가 나리는 속에
안개 같은 비가 나리는 속에

이방 거리는
콩기름 쫄이는 내음새 속에
섶누에 번디 삶는 내음새 속에
이방 거리는
도끼날 벼르는 돌물레 소리 속에
되광대 켜는 되양금* 소리 속에

손톱을 시펄하니 기르고 기나긴 창짜쯔*를 즐즐 끌고
싶었다
만두(饅頭)꼬깔을 눌러쓰고 곰방대를 물고 가고 싶었다
이왕이면 향내 높은 취향이(梨) 돌배 움퍽움퍽 씹으며
머리채 츠렁츠렁 발굽을 차는 꾸냥과 가즈런히 쌍마차(雙
馬車) 몰아가고 싶었다

<1939. 9. 13. '조선일보'>

咸南 道安

고원선(高原線) 종점인 이 작은 정거장엔
그렇게도 우쭐대며 달가불시며* 뛰어오던 뽕뽕차(車)가
가이없이 쓸쓸하니도 우두머니 서 있다

햇빛이 초롱불같이 희맑은데
해정한* 모랫부리 플랫폼에선
모두들 쩔쩔 끓는 구수한 귀이리*차(茶)를 마신다

칠성(七星)고기*라는 고기의 쩜벙쩜벙 뛰노는 소리가
쨋쨋하니* 들려오는 호수까지는
들쭉이* 한불 새까마니 익어가는 망연한 벌판을 지나가
야 한다

<1939. 10. '문장'>

球場路
—— 西行詩抄 1

삼 리(三里) 밖 강(江)쟁변엔 자개들*에서
비멀이한* 옷을 부숭부숭 말려 입고 오는 길인데
산모퉁고지 하나 도는 동안에 옷은 또 함북 젖었다

한 이십 리 가면 거리라던데
한겻 남아 걸어도 거리는 뵈이지 않는다
나는 어느 외진 산길에서 만난 새악시가 곱기도 하던
것과
어느매 강물 속에 들여다뵈이던 쏘가리가 한 자나 되게
크던 것을 생각하며
산(山)비에 젖었다는 말렸다 하며 오는 길이다

이젠 배도 출출히 고팠는데
어서 그 옹기장사가 온다는 거리로 들어가면
무엇보다도 먼저 '주류판매업(酒類販賣業)'이라고 써붙인
집으로 들어가자

그 뜨수한 구들에서
따끈한 이십오 도 소주나 한잔 마시고
그리고, 그 시래기국에 소피를 넣고 두부를 두고 끓인
구수한 술국을 뜨근히
몇 사발이고 왕사발로 몇 사발이고 먹자

<1939. 11. 8. '조선일보'>

北新
──西行詩抄 **2**

거리에는 모밀내가 났다
부처를 위하는 정갈한 노친네의 내음새 같은 모밀내가
났다

어쩐지 향산(香山) 부처님이 가까웁다는 거린데
국수집에서는 농짝 같은 도야지를 잡아 걸고 국수에 치
는 도야지고기는 돗바늘 같은 털이 드문드문 박혔다
나는 이 털도 안 뽑은 도야지고기를 물끄러미 바라보며
또 털도 안 뽑은 고기를 시꺼먼 맨모밀국수에 얹어서
한입에 꿀꺽 삼키는 사람들을 바라보며

나는 문득 가슴에 뜨끈한 것을 느끼며
소수림왕(小獸林王)을 생각한다 광개토대왕(廣開土大王)을
생각한다

<1939. 11. 9. '조선일보'>

八院
—— 西行詩抄 3

차디찬 아침인데
묘향산행 승합자동차는 텅하니 비어서
나이 어린 계집아이 하나가 오른다
옛말속같이 진진초록 새 저고리를 입고
손잔등이 밭고랑처럼 몹시도 터졌다
계집아이는 자성(慈城)으로 간다고 하는데
자성은 예서 삼백오십 리 묘향산 백오십 리
묘향산 어디메서 삼촌이 산다고 한다
새하얗게 얼은 자동차 유리창 밖에
내지인(內地人) 주재소장(駐在所長) 같은 어른과 어린아이
둘이 내임*을 낸다
계집아이는 운다 느끼며 운다
텅 비인 차 안 한구석에서 어느 한 사람도 눈을 씻는다
계집아이는 몇 해고 내지인 주재소장 집에서
밥을 짓고 걸레를 치고 아이보개를 하면서
이렇게 추운 아침에도 손이 꽁꽁 얼어서
찬물에 걸레를 쳤을 것이다

<1939. 11. 10. '조선일보'>

月林장
—— 西行詩抄 4

'자시동북팔○천희천(自是東北八○粞熙川)'의 팻말이 선 곳
돌능와집에 소달구지에 싸리신에 옛날이 사는 장거리에
어느 근방 산천에서 덜거기* 껙껙 건방지게 운다

초아흐레 장판에
산 멧도야지 너구리가죽 튀튀새 났다
또 가얌에 귀이리에 도토리묵 도토리범벅도 났다

나는 주먹다시* 같은 떡당이*에 꿀보다도 달다는 강낭엿을 산다
그리고 물이라도 들듯이 샛노랗디샛노란 산골 마가슬볕*에 눈이 시울도록 샛노랗고 샛노란 햇기장쌀을 주무르며
기장쌀은 기장차떡이 좋고 기장차랍*이 좋고 기장감주가 좋고 그리고 기장쌀로 쏜 호박죽은 맛도 있는 것을 생각하며 나는 기쁘다

<1939. 11. 11. '조선일보'>

木具

오 대(五代)나 나린다는 크나큰 집 다 찌그러진 들지고
방* 어득시근한 구석에서 쌀독과 말쿠지와 숫돌과 신뚝*
과 그리고 옛적과 또 열두 데석님과 친하니 살으면서

한 해에 몇 번 매연지난* 먼 조상들의 최방등 제사*에
는 컴컴한 고방 구석을 나와서 대멀머리*에 외얏맹건*을
지르터 맨 늙은 제관의 손에 정갈히 몸을 씻고 교의 우에
모신 신주 앞에 환한 촛불 밑에 피나무 소담한 제상 위에
떡 보탕 식혜 산적 나물 지짐 반봉* 과일 들을 공손하니
받들고 먼 후손들의 공경스러운 절과 잔을 굽어보고 또
애끓는 통곡과 축을 귀애하고 그리고 합문 뒤에는 흠향
오는 구신들과 호호히* 접하는 것

구신과 사람과 넋과 목숨과 있는 것과 없는 것과 한줌
흙과 한점 살과 먼 옛 조상과 먼 훗자손의 거룩한 아득한
슬픔을 담는 것

내 손자의 손자와 손자와 나와 할아버지와 할아버지의
할아버지와 할아버지의 할아버지의 할아버지와…… 수원
백씨(水原白氏) 정주 백촌(定州白村)의 힘세고 꿋꿋하나 어
질고 정 많은 호랑이 같은 곰 같은 소 같은 피의 비 같은
밤 같은 달 같은 슬픔을 담는 것 아 슬픔을 담는 것

<1940. 2. '문장'>

수박씨, 호박씨

어진 사람이 많은 나라에 와서
어진 사람의 즛*을 어진 사람의 마음을 배워서
수박씨 닦은 것을 호박씨 닦은 것을 입으로 앞니빨로
밝는다*

수박씨 호박씨를 입에 넣는 마음은
참으로 철없고 어리석고 게으른 마음이나
이것은 또 참으로 밝고 그윽하고 깊고 무거운 마음이라
이 마음 안에 아득하니 오랜 세월이 아득하니 오랜 지
혜가 또 아득하니 오랜 인정이 깃들인 것이다
태산의 구름도 황하(黃河)의 물도 옛임군의 땅과 나무의
덕도 이 마음 안에 아득하니 뵈이는 것이다

이 작고 가벼웁고 갤족한 희고 까만 씨가
조용하니 또 도고하니* 손에서 입으로 입에서 손으로
오르나리는 때
벌에 우는 새소리도 듣고 싶고 거문고도 한 곡조 뜯고
싶고 한 오천(五千) 말 남기고 함곡관(函谷關)도 넘어가고
싶고
기쁨이 마음에 뜨는 때는 희고 까만 씨를 앞니로 까서
잔나비가 되고
근심이 마음에 앉는 때는 희고 까만 씨를 혀끝에 물어
까막까치가 되고

어진 사람이 많은 나라에서는

오두미(五斗米)*를 버리고 버드나무 아래로 돌아온 사
람도

그 옆차개에 수박씨 닦은 것은 호박씨 닦은 것은 있었
을 것이다

나물 먹고 물 마시고 팔베개하고 누웠던 사람도

그 머리맡에 수박씨 닦은 것은 호박씨 닦은 것은 있었
을 것이다

<1940. 6. '인문평론(人文評論)'>

北方에서
—— 鄭玄雄에게

아득한 옛날에 나는 떠났다
부여(扶餘)를 숙신(肅愼)을 발해(勃海)를 여진(女眞)을 요
(遼)를 금(金)을
홍안령(興安嶺)*을 음산(陰山)*을 아무우르*를 숭가리*를
범과 사슴과 너구리를 배반하고
송어와 메기와 개구리를 속이고 나는 떠났다

나는 그 때
자작나무와 이깔나무의 슬퍼하던 것을 기억한다
갈대와 장풍의 붙드든 말도 잊지 않았다
오로촌*이 맷돌을 잡아 나를 잔치해 보내던 것도
쏠론*이 십릿길을 따라나와 울던 것도 잊지 않았다

나는 그 때
아무 이기지 못할 슬픔도 시름도 없이
다만 게을리 먼 앞대로 떠나나왔다
그리하여 따사한 햇귀에서 하이얀 옷을 입고 매끄러운
밥을 먹고 단 샘을 마시고 낮잠을 잤다
밤에는 먼 개소리에 놀라나고
아침에는 지나가는 사람마다에게 절을 하면서도
나는 나의 부끄러움을 알지 못했다
그 동안 돌비는 깨어지고 많은 은금보화는 땅에 묻히고
가마귀도 긴 족보를 이루었는데

이리하여 또 한 아득한 새 옛날이 비롯하는 때
이제는 참으로 이기지 못할 슬픔과 시름에 쫓겨
나는 나의 옛 하늘로 땅으로——나의 태반(胎盤)으로 돌
아왔으나

이미 해는 늙고 달은 파리하고 바람은 미치고 보래구
름*만 혼자 넋없이 떠도는데

아, 나의 조상은 형제는 일가친척은 정다운 이웃은 그
리운 것은 사랑하는 것은 우러르는 것은 나의 자랑은 나
의 힘은 없다 바람과 물과 세월과 같이 지나가고 없다

<1940. 7. ‘문장’>

許俊

그 맑고 거룩한 눈물의 나라에서 온 사람이여
그 따사하고 살뜰한 볕살의 나라에서 온 사람이여

눈물의 또 볕살의 나라에서 당신은
이 세상에 나들이를 온 것이다
쓸쓸한 나들이를 다니러 온 것이다

눈물의 또 볕살의 나라 사람이여
당신이 그 긴 허리를 굽히고 뒷짐을 지고 지치운 다리로
싸움과 흥정으로 왁자지껄하는 거리를 지날 때든가
추운 겨울밤 병들어 누운 가난한 동무의 머리맡에 앉아
말없이 무릎 우 어린 고양이의 등만 쓰다듬는 때든가
당신의 그 고요한 가슴 안에 온순한 눈가에
당신네 나라의 맑은 하늘이 떠오를 것이고
당신의 그 푸른 이마에 삐여진 어깻죽지에
당신네 나라의 따사한 바람결이 스치고 갈 것이다

높은 산도 높은 꼭대기에 있는 듯한
아니면 깊은 물도 깊은 밑바닥에 있는 듯한 당신네 나
라의
하늘은 얼마나 맑고 높을 것인가
바람은 얼마나 따사하고 향기로울 것인가
그리고 이 하늘 아래 바람결 속에 퍼진

  그 풍속은 인정은 그리고 그 말은 얼마나 좋고 아름다
울 것인가

  다만 한 마람 목이 긴 시인은 안다
  '도스토이엡흐스키'며 '죠이쓰'며 누구보다도 잘 알고 일
등 가는 소설도 쓰지만
  아무것도 모르는 듯이 어드근한 방안에 굴어 게으르는
것을 좋아하는 그 풍속을
  사랑하는 어린것에게 엿 한 가락을 아끼고 위하는 아내
에겐 해진 옷을 입히면서도
  마음이 가난한 낯설은 마람에게 수백 냥 돈을 거저 주
는 그 인정을 그리고 또 그 말을
  마람은 모든 것을 다 잃어버리고 넋 하나를 얻는다는
크나큰 그 말을

  그 멀은 눈물의 또 볕살의 나라에서
  이 세상에 나들이를 온 사람이여
  이 목이 긴 시인이 또 게사니처럼 떠곤다고
  당신은 쓸쓸히·웃으며 바둑판을 당기는구려
<1940. 11. '문장'>

歸農

　백구둔(白狗屯)*의　눈 녹이는 밭 가운데 땅 풀리는 밭 가운데
　촌부자 노왕(老王)하고 같이 서서
　밭최뚝*에　즘부러진*　땅버들의　버들개지　피어나는 데서
　볕은 장글장글* 따사롭고 바람은 솔솔 보드라운데
　나는 땅임자 노왕한테 석상디기* 밭을 얻는다

　노왕은 집에 말과 나귀며 오리에 닭도 우글거리고
　고방엔 그득히 감자에 콩곡석도 들여쌓이고
　노왕은 채매도 힘이 들고 하루종일 백령조(百鈴鳥)* 소리나 들으려고
　밭을 오늘 나한테 주는 것이고
　나는 이젠 귀치 않은 측량도 문서도 싫증이 나고
　낮에는 마음놓고 낮잠도 한잠 자고 싶어서
　아전 노릇을 그만두고 밭을 노왕한테 얻는 것이다

　날은 챙챙 좋기도 좋은데
　눈도 녹으며 술렁거리고 버들도 잎트며 수선거리고
　저 한쪽 마을에는 마돝*에 닭 개 짐승도 들떠들고
　또 아이 어른 행길에 뜨락에 사람도 웅성웅성 흥성거려
　나는 가슴이 이 무슨 흥에 벅차오며
　이 봄에는 이 밭에 감자 강냉이 수박에 오이며 당콩에

마늘과 파도 심그리라 생각한다

수박이 열면 수박을 먹으며 팔며
감자가 앉으면 감자를 먹으며 팔며
까막까치나 두더지 돝벌기*가 와서 먹으면 먹는 대로
두어두고
도적이 조금 걷어가도 걷어가는 대로 두어두고
아, 노왕, 나는 이렇게 생각하노라
나는 노왕을 보고 웃어 말한다

이리하여 노왕은 밭을 주어 마음이 한가하고
나는 밭을 얻어 마음이 편안하고
디퍽디퍽 눈을 밟으며 터벅터벅 흙도 덮으며
사물사물 햇볕은 목덜미에 간지러워서
노왕은 팔짱을 끼고 이랑을 걸어
나는 뒷짐을 지고 고랑을 걸어
밭을 나와 밭뚝을 돌아 도랑을 건너 행길을 돌아
지붕에 바람벽에 울바주*에 볕살 쇠리쇠리한* 마을을
가르치며
노왕은 나귀를 타고 앞에 가고
나는 노새를 타고 뒤에 따르고
마을 끝 충왕묘(蟲王廟)에 충왕(蟲王)*을 찾아뵈러 가는
길이다

토신묘(土神廟)에 토신(土神)[*]도 찾아뵈러 가는 길이다

<1941. 4. '조광'>

국수

눈이 많이 와서
산엣새가 벌로 나려 멕이고
눈구덩이에 토끼가 더러 빠지기도 하면
마을에는 그 무슨 반가운 것이 오는가보다
한가한 애동들은 어둡도록 꿩사냥을 하고
가난한 엄매는 밤중에 김치가재미*로 가고
마을을 구수한 즐거움에 사서 은근하니 홍성홍성 들뜨
게 하며
이것은 오는 것이다
이것은 어느 양지귀* 혹은 능달*쪽 외따른 산옆 은댕
이* 예데가리밭*에서
하룻밤 뽀오얀 흰 김 속에 접시귀 소기름불이 뿌우연
부엌에
산멍에 같은 분틀을 타고 오는 것이다
이것은 아득한 옛날 한가하고 즐겁던 세월로부터
실 같은 봄비 속을 타는 듯한 여름볕 속을 지나서 들쿠
레한* 구시월 갈바람 속을 지나서
대대로 나며 죽으며 죽으며 나며 하는 이 마을 사람들
의 으젓한 마음을 지나서 텁텁한 꿈을 지나서
지붕에 마당에 우물둔덩에 함박눈이 푹푹 쌓이는 여느
하룻밤
아배 앞에 그 어린 아들 앞에 아배 앞에는 왕사발에 아
들 앞에는 새끼사발에 그득히 사리워오는 것이다

이것은 그 곰의 잔등에 업혀서 길여났다는 먼 옛적 큰
마니가
또 그 잡등색이에 서서 재채기를 하면 산 넘엣 마을까
지 들렸다는
먼 옛적 큰아바지가 오는 것같이 오는 것이다

아, 이 반가운 것은 무엇인가
이 히수무레하고 부드럽고 순수하고 슴슴한 것은 무엇
인가
겨울밤 쩡하니 익은 동치미국을 좋아하고 얼얼한 댕추
가루*를 좋아하고 싱싱한 산꿩의 고기를 좋아하고
그리고 담배 내음새 탄수 내음새* 또 수육을 삶는 육수
국 내음새 자욱한 더북한 삿방* 쩔쩔 끓는 아르굴*을 좋
아하는 이것은 무엇인가

이 조용한 마을과 이 마을의 으젓한 사람들과 살뜰하니
친한 것은 무엇인가
이 그지없이 고담(枯淡)하고 소박한 것은 무엇인가
<1941. 4. '문장'>

촌에서 온 아이

촌에서 온 아이여
촌에서 어젯밤에 승합자동차를 타고 온 아이여
이렇게 추운데 웃동에 무슨 두룽이* 같은 것을 하나 걸
치고 아랫도리는 쪽 발가벗은 아이여
뽈다구에는 징기징기* 앙광이*를 그리고 머리칼이 노
란 아이여
힘을 쓸려고 벌써부터 두 다리가 푸둥푸둥하니 살이 찐
아이여
너는 오늘 아침 무엇에 놀라서 우는구나
분명코 무슨 거짓되고 쓸데없는 것에 놀라서
그것이 네 맑고 참된 마음에 분해서 우는구나
이 집에 있는 다른 많은 아이들이
모두들 욕심 사납게 지게굳게* 일부러 청을 돋혀서
어린아이들치고는 너무나 큰소리로 너무나 뒤겁* 많은
소리로 울어대는데
너만은 타고난 그 외마디 소리로 스스로웁게* 삼가면서
우는구나
네 소리는 조금 썩심하니* 쉬인 듯도 하다
네 소리에 내 마음은 반끗이* 밝아오고 또 호끈히* 더
워오고 그리고 즐거워온다
나는 너를 껴안아올려서 네 머리를 쓰다듬고 힘껏 네
작은 손을 쥐고 흔들고 싶다
네 소리에 나는 촌 농삿집의 저녁을 짓는 때

나주볕이 가득 드리운 밝은 방안에 혼자 앉아서

실감기며 버선짝을 가지고 쓰렁쓰렁* 노는 아이를 생각
한다

또 여름날 낮 기운 때 어른들이 모두 벌에 나가고 텅
비인 집 토방에서

햇강아지의 쌀랑대는 성화를 받아가며 닭의 똥을 주워
먹는 아이를 생각한다

촌에서 와서 오늘 아침 무엇이 분해서 우는 아이여

너는 분명히 하늘이 사랑하는 시인이나 농사꾼이 될 것
이로다

<1941. 4. '문장'>

흰 바람벽이 있어

오늘 저녁 이 좁다란 방의 흰 바람벽에
어쩐지 쓸쓸한 것만이 오고간다
이 흰 바람벽에
희미한 십오 촉(十五燭) 전등이 지치운 불빛을 내어던지고
때글은* 다 낡은 무명샤쯔가 어두운 그림자를 쉬이고
그리고 또 달디단 따끈한 감주나 한잔 먹고 싶다고 생각하는 내 가지가지 외로운 생각이 헤매인다
그런데 이것은 또 어인 일인가
이 흰 바람벽에
내 가난한 늙은 어머니가 있다
내 가난한 늙은 어머니가
이렇게 시퍼러둥둥하니 추운 날인데 차디찬 물에 손은 담그고 무며 배추를 씻고 있다
또 내 사랑하는 사람이 있다
내 사랑하는 어여쁜 사람이
어느 먼 앞대 조용한 개포가의 나즈막한 집에서
그의 지아비와 마주앉아 대구국을 끓여놓고 저녁을 먹는다
벌써 어린것도 생겨서 옆에 끼고 저녁을 먹는다
그런데 또 이즈막하여 어느 사이엔가
이 흰 바람벽엔
내 쓸쓸한 얼굴을 쳐다보며

이러한 글자들이 지나간다
  ——나는 이 세상에서 가난하고 외롭고 높고 쓸쓸하니
살아가도록 태어났다
  그리고 이 세상을 살아가는데
  내 가슴은 너무도 많이 뜨거운 것으로 호젓한 것으로
사랑으로 슬픔으로 가득 찬다
  그리고 이번에는 나를 위로하는 듯이 나를 울력하는
듯이*
  눈질을 하며 주먹질을 하며 이런 글자들이 지나간다
  ——하늘이 이 세상을 내일 적에 그가 가장 귀해하고
사랑하는 것들은 모두
  가난하고 외롭고 높고 쓸쓸하니 그리고 언제나 넘치는
사랑과 슬픔 속에 살도록 만드신 것이다
  초생달과 바구지꽃*과 짝새*와 당나귀가 그러하듯이
  그리고 또 '프랑시쓰 쨈'과 도연명(陶淵明)과 '라이넬 마
리아 릴케'가 그러하듯이

<1941. 4. '문장'>

澡塘에서

나는 지나(支那)나라 사람들과 같이 목욕을 한다
무슨 은(殷)이며 상(商)이며 월(越)이며 하는 나라 사람들
의 후손들과 같이
한물통 안에 들어 목욕을 한다
서로 나라가 다른 사람인데
다들 쪽 발가벗고 같이 물에 몸을 녹이고 있는 것은
대대로 조상도 서로 모르고 말도 제가끔 틀리고 먹고
입는 것도 모두 다른데
이렇게 발가들 벗고 한물에 몸을 씻는 것은
생각하면 쓸쓸한 일이다
이 딴 나라 사람들이 모두 이마들이 번번하니 넓고 눈
은 컴컴하니 흐리고
그리고 길쭉한 다리에 모두 민숭민숭하니 다리털이 없
는 것이
이것이 나는 왜 자꾸 슬퍼지는 것일까
그런데 저기 나무판장에 반쯤 나가 누워서
나주볕*을 한없이 바라보며 혼자 무엇을 즐기는 듯한
목이 긴 사람은
도연명(陶淵明)은 저러한 사람이었을 것이고
또 여기 더운물에 뛰어들며
무슨 물새처럼 악악 소리를 지르는 삐삐 파리한 사람은
양자(楊子)*라는 사람은 아무래도 이와 같았을 것만
같다

나는 시방 옛날 진(晉)이라는 나라나 위(衛)라는 나라에
와서
내가 좋아하는 사람들을 만나는 것만 같다
이리하여 어쩐지 내 마음은 갑자기 반가워지나
그러나 나는 조금 무서웁고 외로워진다
그런데 참으로 그 은(殷)이며 상(商)이며 월(越)이며 위
(衛)며 진(晉)이며 하는 나라 사람들의 이 후손들은
얼마나 마음이 한가하고 게으른가
더운물에 몸을 불키거나 때를 밀거나 하는 것도 잊어버
리고
제 배꼽을 들여다보거나 남의 낯을 쳐다보거나 하는 것
인데
이러면서 그 무슨 제비의 춤이라는 연소탕(燕巢湯)이 맛
도 있는 것과
또 어느 바루 새악시가 곱기도 한 것 같은 것을 생각하
는 것일 것인데
나는 이렇게 한가하고 게으르고 그러면서 목숨이라든가
인생이라든가 하는 것을 정말 사랑할 줄 아는
그 오래고 깊은 마음들이 참으로 좋고 우러러진다
그러나 나라가 서로 다른 사람들이
글쎄 어린아이들도 아닌데 쪽 발가벗고 있는 것은
어쩐지 조금 우스웁기도 하다

<1941. 4. '인문평론'>

杜甫나 李白같이

오늘은 정월 보름이다
대보름 명절인데
나는 멀리 고향을 나서 남의 나라 쓸쓸한 객고에 있는
신세로다
옛날 두보(杜甫)나 이백(李白) 같은 이 나라의 시인도
먼 타관에 나서 이 날을 맞은 일이 있었을 것이다
오늘 고향의 내 집에 있는다면
새 옷을 입고 새 신도 신고 떡과 고기도 억병 먹고
일가친척들과 서로 모여 즐거이 웃음으로 지날 것이언만
나는 오늘 때묻은 입던 옷에 마른 물고기 한 토막으로
혼자 외로이 앉아 이것저것 쓸쓸한 생각을 하는 것이다
옛날 그 두보나 이백 같은 이 나라의 시인도
이 날 이렇게 마른 물고기 한 토막으로 외로이 쓸쓸한
생각을 한 적도 있었을 것이다
나는 이제 어느 먼 외진 거리에 한고향 사람의 조고마
한 가업집*이 있는 것을 생각하고
이 집에 가서 그 맛스러운 떡국이라도 한 그릇 사먹으
리라 한다
우리네 조상들이 먼먼 옛날로부터 대대로 이 날엔 으레
히 그러하며 오듯이
먼 타관에 난 그 두보나 이백 같은 이 나라의 시인도
이 날은 그 어느 한고향 사람의 주막이나 반관(飯館)을
찾아가서

그 조상들이 대대로 하던 본대로 원소(元宵)*라는 떡을
입에 대며
스스로 마음을 느꾸어* 위안하지 않았을 것인가
그러면서 이 마음이 맑은 옛 시인들은
먼 훗날 그들의 먼 훗자손들도
그들의 본을 따서 이 날에는 원소를 먹을 것을
외로이 타관에 나서도 이 원소를 먹을 것을 생각하며
그들이 아득하니 슬펐을 듯이
나도 떡국을 놓고 아득하니 슬플 것이로다
아, 이 정월 대보름 명절인데
거리에는 오독도기* 탕탕 터지고 호궁(胡弓) 소리 뻴뻴
높아서
내 쓸쓸한 마음엔 자꾸 이 나라의 옛 시인들이 그들의
쓸쓸한 마음들이 생각난다
내 쓸쓸한 마음은 아마 두보나 이백 같은 사람들의 마
음인지도 모를 것이다
아무려나 이것은 옛투의 쓸쓸한 마음이다

<1941. 4. '인문평론'>

산

머리 빗기가 싫다면
니가 들구 나서
머리채를 끄을구 오른다는
산이 있었다

산너머는
겨드랑이에 깃이 돋아서 장수가 된다는
더꺼머리 총각들이 살아서
색시 처녀들을 잘도 업어간다고 했다
산마루에 서면
멀리 언제나 늘 그물그물
그늘만 친 건넛산에서
벼락을 맞아 바윗돌이 되었다는
큰 땅꽹이 한 마리
수염을 뻗치고 건너다보는 것이 무서웠다

그래도 그 쉬영꽃* 진달래 빨가니 핀 꽃바위 너머
산잔등에는 가지취 뻐꾹채* 게루기* 고사리 산나물판
산나물 냄새 물씬물씬 나는데
나는 복장노루*를 따라 뛰었다

<1947. 11. '새한민보'>

적막강산

오리밭에 벌배채* 통이 지는 때는
산에 오면 산 소리
벌로 오면 벌 소리

산에 오면
큰솔밭에 뻐꾸기 소리
잔솔밭에 덜거기 소리

벌로 오면
논두렁에 물닭의 소리
갈밭에 갈새 소리

산으로 오면 산이 들썩 산 소리 속에 나 홀로
벌로 오면 벌이 들썩 벌 소리 속에 나 홀로

정주(定州) 동림(東林) 구십(九十)여 리(里) 긴긴 하룻길에
산에 오면 산 소리 벌에 오면 벌 소리
적막강산에 나는 있노라

<1947. 12. '신천지'>

마을은 맨천* 구신이 돼서

나는 이 마을에 태어나기가 잘못이다
마을은 맨천 구신이 돼서
나는 무서워 오력을 펼 수 없다
자 방안에는 성주님
나는 성주님이 무서워 토방으로 나오면 토방에는 디운
구신*
나는 무서워 부엌으로 들어가면 부엌에는 부뚜막에 조
앙님
나는 뛰쳐나와 얼른 고방으로 숨어버리면 고방에는 또
시렁에 제석님
나는 이번에는 굴통* 모통이로 달아가는데 굴통에는 굴
대장군*
얼혼이 나서* 뒤울안으로 가면 뒤울안에는 곱새녕* 아
래 털능구신*
나는 이제는 할 수 없이 대문을 열고 나가려는데
대문간에는 근력 세인 수문장
나는 겨우 대문을 삐쳐나 바깥으로 나와서
밭 마당귀 연자간 앞을 지나가는데 연자간에는 또 연자
당구신*
나는 고만 기겁을 하여 큰 행길로 나서서
마음놓고 화리서리* 걸어가다보니
아아 말 마라 내 발뒤축에는 오나가나 묻어다니는 달갈
구신

마을은 온데간데 구신이 돼서 나는 아무 데도 갈 수
없다

<1948. 5. '신세대(新世代)'>

七月 백중

마을에서는 세 벌 김을 다 매고 들에서
개장취념*을 서너 번 하고 나면
백중 좋은 날이 슬그머니 오는데
백중날에는 새악시들이
생모시치마 천진퓌치마*의 물팩치기* 껑추렁한* 치마에
쇠주퓌적삼* 항라적삼의 자지고름이 기드렁한* 적삼에
한끝나게 상나들이옷을 있는 대로 다 내입고
머리는 다리를 서너 켜레씩 들어서
시뻘건 꼬둘채댕기*를 삐뚜룩하니 해 꽂고
네 날백이 따배기*신을 맨발에 바꿔 신고
고개를 몇이라도 넘어서 약물터로 가는데
무썩무썩 더운 날에도 벌 길에는
건들건들 시원한 바람이 불어오고
허리에 찬 남갑사 주머니에는 오랜만에 돈푼이 들어 즈
벅이고*
광지보*에서 나온 은장도에 바늘집에 원앙에 바둑에
번들번들하는 노리개는 스르럭스르럭 소리가 나고
고개를 몇이라도 넘어서 약물터로 오면
약물터엔 사람들이 백재일치듯* 하였는데
붕가집*에서 온 사람들도 만나 반가워하고
깨죽이며 문주*며 섶가락 앞에 송구떡을 사서 권하거니
먹거니 하고
그러다는 백중 물을 내는 소내기를 함뿍 맞고

82

호주를 하니* 젖어서 달아나는데
이번에는 꿈에도 못 잊는 붕가집에 가는 것이다
붕가집을 가면서도 칠월 그믐 초가을을 할 때까지
평안하니 집살이를 할 것을 생각하고
애끼는 옷을 다 적시어도 비는 시원만 하다고 생각한다

<1948. 10. '문장'>

南新義州 柳洞 朴時逢方

어느 사이에 나는 아내도 없고, 또,
아내와 같이 살던 집도 없어지고,
그리고 살뜰한 부모며 동생들과도 멀리 떨어져서,
그 어느 바람 세인 쓸쓸한 거리 끝에 헤매이었다.
바로 날도 저물어서,
바람은 더욱 세게 불고, 추위는 점점 더해 오는데,
나는 어느 목수네 집 헌 삿을 깐,
한 방에 들어서 쥔을 붙이었다.
이리하여 나는 이 습내 나는 춥고, 누긋한 방에서,
낮이나 밤이나 나는 나 혼자도 너무 많은 것같이 생각
하며,
딜옹배기*에 북덕불*이라도 담겨오면,
이것을 안고 손을 쬐며 재 우에 뜻없이 글자를 쓰기도
하며,
또 문밖에 나가지두 않구 자리에 누워서,
머리에 손깍지베개를 하고 굴기도 하면서,
나는 내 슬픔이며 어리석음이며를 소처럼 연하여 쌔김
질하는 것이었다
내 가슴이 꽉 메어올 적이며,
내 눈에 뜨거운 것이 핑 괴일 적이며,
또 내 스스로 화끈 낯이 붉도록 부끄러울 적이며,
나는 내 슬픔과 어리석음에 눌리어 죽을 수밖에 없는
것을 느끼는 것이었다.

그러나 잠시 뒤에 나는 고개를 들어,

허연 문창을 바라보든가 또 눈을 떠서 높은 천장을 쳐다보는 것인데,

이 때 나는 내 뜻이며 힘으로, 나를 이끌어가는 것이 힘든 일인 것을 생각하고,

이것들보다 더 크고, 높은 것이 있어서, 나를 마음대로 굴려가는 것을 생각하는 것인데,

이렇게 하여 여러 날이 지나는 동안에,

내 어지러운 마음에는 슬픔이며, 한탄이며, 가라앉을 것은 차츰 앙금이 되어 가라앉고,

외로운 생각만이 드는 때쯤 해서는,

더러 나줏손*에 쌀랑쌀랑 싸락눈이 와서 문창을 치기도 하는 때도 있는데,

나는 이런 저녁에는 화로를 더욱 다가 끼며, 무릎을 꿇어보며,

어느 먼산 뒷옆에 바우섶에 따로 외로이 서서,

어두워오는데 하이야니 눈을 맞을, 그 마른 잎새에는,

쌀랑쌀랑 소리도 나며 눈을 맞을,

그 드물다는 굳고 정한 갈매나무라는 나무를 생각하는 것이었다.

<1948. 10. '학풍(學風)'>

제2부

내가 생각하는 것은

백석 시집

고방

낡은 질동이*에는 갈 줄 모르는 늙은 집난이같이 송구
떡이 오래도록 남아 있었다

오지항아리에는 삼춘이 밥보다 좋아하는 찹쌀탁주가 있
어서
삼춘의 임내*를 내어가며 나와 사춘은 시큼털털한 술을
잘도 채어먹었다*

제삿날이면 귀머거리 할아버지 가에서 왕밤을 밝고 싸
리꼬치에 두부산적을 꿰었다

손자아이들이 파리떼같이 모이면 곰의 발 같은 손을 언
제나 내어둘렀다

구석의 나무말쿠지에 할아버지가 삼는 소신 같은 짚신
이 둑둑히* 걸리어도 있었다

옛말이 사는 컴컴한 고방의 쌀독 뒤에서 나는 저녁 끼
때에 부르는 소리를 듣고도 못 들은 척하였다

가즈랑집

승냥이가 새끼를 치는 전에는 쇠메 든 도적이 났다는
가즈랑고개

가즈랑집은 고개 밑의
산너머 마을서 도야지를 잃는 밤 짐승을 쫓는 깽제미*
소리가 무서웁게 들려오는 집
닭 개 짐승을 못 놓는
멧도야지와 이웃사춘을 지나는 집

예순이 넘은 아들 없는 가즈랑집 할머니는 중같이 정해
서 할머니가 마을을 가면 긴 담뱃대에 독하다는 막써레
기*를 몇 대라도 붙이라고 하며

간밤엔 섬돌 아래 승냥이가 왔었다는 이야기
어느메 산골에선간 곰이 아이를 본다는 이야기

나는 돌나물김치에 백설기를 먹으며
옛말의 구신집에 있는 듯이
가즈랑집 할머니
내가 날 때 죽은 누이도 날 때
무명필에 이름을 써서 백지 달아서 구신간시렁*의 당즈
깨*에 넣어 대감님께 수영*을 들였다는 가즈랑집 할머니
언제나 병을 앓을 때면

신장님 단련이라고 하는 가즈랑집 할머니
구신의 딸이라고 생각하면 슬퍼졌다

토끼도 살이 오른다는 때 아르대즘퍼리*에서 제비꼬리*
마타리* 쇠조지* 가지취 고비 고사리 두릅순 회순 산나물
을 하는 가즈랑집 할머니를 따르며
나는 벌써 달디단 물구지우림* 둥굴레우림*을 생각하고
아직 멀은 도토리묵 도토리범벅까지도 그리워한다

뒤울안 살구나무 아래서 광살구를 찾다가
살구벼락을 맞고 울다가 웃는 나를 보고
밑구멍에 털이 몇 자나 났나 보자고 한 것은 가즈랑집
할머니다

찰복숭아를 먹다가 씨를 삼키고는 죽는 것만 같아 하루
종일 놀지도 못하고 밥도 안 먹은 것도
가즈랑집에 마을을 가서
당세* 먹은 강아지같이 좋아라고 집오래*를 설레다가
였다

여우난골族

　명절날 나는 엄매 아배 따라 우리집 개는 나를 따라 진
할머니 진할아버지가 있는 큰집으로 가면

　얼굴에 별자국이 솜솜 난 말수와 같이 눈도 껌벅거리는
하루에 베 한 필을 짠다는 벌 하나 건넛집엔 복숭아나무
가 많은 신리(新里) 고무 고무의 딸 이녀(李女) 작은 이녀
(李女)
　열여섯에 사십이 넘은 홀아비의 후처가 된 포족족하니
성이 잘 나는 살빛이 매감탕 같은 입술과 젖꼭지는 더 까
만 예수쟁이 마을 가까이 사는 토산(土山) 고무 고무의 딸
승녀(承女) 아들 승(承)동이
　육십 리라고 해서 파랗게 뵈이는 산을 넘어 있다는 해
변에서 과부가 된 코끝이 빨간 언제나 흰옷이 정하던 말
끝에 설게 눈물을 짤 때가 많은 큰골 고무 고무의 딸 홍
녀(洪女) 아들 홍(洪)동이 작은 홍동이
　배나무접을 잘하는 주정을 하면 토방돌을 뽑는 오리치[*]
를 잘 놓는 먼 섬에 반디젓 담그러 가기를 좋아하는 삼춘
삼춘엄매 사춘누이 사춘동생들

　이 그득히들 할머니 할아버지가 있는 안간에들 모여서
방안에서는 새옷의 내음새가 나고
　또 인절미 송구떡 콩가루차떡이 내음새도 나고 끼때의
두부와 콩나물과 볶은 잔디와 고사리와 도야지 비계는 모

두 선득선득하니 찬 것들이다

  저녁 술을 놓은 아이들은 외양간섶 밭마당에 달린 배나
무동산에서 쥐잡이를 하고 숨굴막질*을 하고 꼬리잡이를
하고 가마 타고 시집가는 놀음 말 타고 장가가는 놀음을
하고 이렇게 밤이 어둡도록 북적하니 논다
  밤이 깊어가는 집안엔 엄매는 엄매들끼리 아르간*에서
들 웃고 이야기하고 아이들은 아이들끼리 웃간 한 방을
잡고 조아질*하고 쌈방이* 굴리고 바리깨돌림*하고 호박
떼기*하고 제비손이구손이*하고 이렇게 화디*의 사기방
등*에 심지를 몇 번이나 돋구고 홍게닭*이 몇 번이나 울
어서 졸음이 오면 아릇목싸움 자리싸움을 하며 히드득거
리다 잠이 든다 그래서는 문창에 텅납새*의 그림자가 치
는 아침 시누이 동세들이 욱적하니 홍성거리는 부엌으론
샛문틈으로 장지문틈으로 무이징게국*을 끓이는 맛있는
내음새가 올라오도록 잔다

古夜

　아배는 타관 가서 오지 않고 산비탈 외따른 집에 엄매
와 나와 단둘이서 누가 죽이는 듯이 무서운 밤 집 뒤로는
어느 산골짜기에서 소를 잡아먹는 노나리꾼*들이 도적놈
들같이 쿵쿵거리며 다닌다

　날기멍석을 져간다는* 닭 보는 할미를 차 굴린다는 땅
아래 고래 같은 기와집에는 언제나 니차떡*에 청밀에 은
금보화가 그득하다는 외발 가진 조마구* 뒷산 어느메도
조마구네 나라가 있어서 오줌 누러 깨는 재밤* 머리맡의
문살에 대인 유리창으로 조마구 군병의 새까만 대가리 새
까만 눈알이 들여다보는 때 나는 이불 속에 자즈러붙어
숨도 쉬지 못한다

　또 이러한 밤 같은 때 시집갈 처녀 막내고무가 고개 너
머 큰집으로 치장감을 가지고 와서 엄매와 둘이 소기름에
쌍심지의 불을 밝히고 밤이 들도록 바느질을 하는 밤 같
은 때 나는 아릇목의 샷귀*를 들고 쇠든밤*을 내어 다람
쥐처럼 밝아먹고 은행여름*을 인두불에 구워도 먹고 그러
다는 이불 우에서 광대넘이를 뒤이고 또 누워 굴면서 엄
매에게 웃목에 두른 병풍의 새빨간 천두*의 이야기를 듣
기도 하고 고무더러는 밝는 날 멀리는 못 난다는 메추라
기를 잡아달라고 조르기도 하고

94

내일같이 명절날인 밤은 부엌에 째듯하니* 불이 밝고
솥뚜껑이 놀으며 구수한 내음새 곰국이 무르끓고 방안에
서는 일가집 할머니가 와서 마을의 소문을 펴며 조개송편
에 달송편에 쥔두기송편*에 떡을 빚는 곁에서 나는 밤소
팥소 설탕 든 콩가루소를 먹으며 설탕 든 콩가루소가 가
장 맛있다고 생각한다
　나는 얼마나 반죽을 주무르며 흰가루손이 되어 떡을 빚
고 싶은지 모른다

　섣달에 냅일날*이 들어서 냅일날 밤에 눈이 오면 이 밤
엔 쌔하얀 할미귀신의 눈귀신도 냅일눈을 받노라 못 난다
는 말을 든든히 여기며 엄매와 나는 앙궁* 우에 떡돌 우
에 곱새담* 우에 함지며 버치*며 대낭푼*을 놓고 치성이
나 드리듯이 정한 마음으로 냅일눈 약눈을 받는다
　이 눈세기물*을 냅일물이라고 제주병에 진상항아리에
채워두고는 해를 묵혀가며 고뿔이 와도 배앓이를 해도 갑
피기*를 앓아도 먹을 물이다

모닥불

새끼오리도 헌신짝도 소똥도 갓신창*도 개니빠디*도
너울쪽도 짚검불도 가랑잎도 머리카락도 헝겊조각도 막대
꼬치도 기왓장의 닭의짖도 개터럭도 타는 모닥불

재당*도 초시*도 문장(門長)늙은이도 더부살이 아이도
새사위도 갓사둔도 나그네도 주인도 할아버지도 손자도
붓장사도 땜쟁이도 큰 개도 강아지도 모두 모닥불을 쪼
인다

모닥불은 어려서 우리 할아버지가 어미아비 없는 서러
운 아이로 불쌍하니도 몽둥발이*가 된 슬픈 역사가 있다

오리 망아지 토끼

오리치를 놓으러 아배는 논으로 나려간 지 오래다
오리는 동비탈*에 그림자를 떨어트리며 날아가고 나는
동말랭이*에서 강아지처럼 아배를 부르며 울다가
시악이 나서는 등뒤 개울물에 아배의 신짝과 버선목과
대님오리를 모두 던져버린다

장날 아침에 앞 행길로 엄지 따라 지나가는 망아지를
내라고 나는 조르면
아배는 행길을 향해서 커다란 소리로
──매지야 오너라
──매지야 오너라

새하러 가는 아배의 지게에 지워 나는 산으로 가며 토
끼를 잡으리라고 생각한다.
맞구멍난 토끼굴을 아배와 내가 막아서면 언제나 토끼
새끼는 내 다리 아래로 달아났다.
나는 서글퍼서 서글퍼서 울상을 한다

初冬日

흙담벽에 볕이 따사하니
아이들은 물코를 홀리며 무감자를 먹었다

돌덜구에 천상수(天上水)가 차게
복숭아나무에 시라리타래가 말라갔다

夏畓

짝새가 발부리에서 날은 논두렁에서 아이들은 개구리의
뒷다리를 구워먹었다

게구멍을 쑤시다 물쿤하고 배암을 잡은 늪의 피 같은
물이끼에 햇볕이 따가웠다

돌다리에 앉아 날버들치를 먹고 몸을 말리는 아이들은
물총새가 되었다

酒幕

호박잎에 싸오는 붕어곰*은 언제나 맛있었다

부엌에는 빨갛게 질들은 팔모알 상*이 그 상 우엔 새파
란 싸리를 그린 눈알만한 잔이 뵈였다

아들아이는 범이라고 장고기*를 잘 잡는 앞니가 뻐드러
진 나와 동갑이었다

울파주 밖에는 장꾼들을 따라와서 엄지의 젖을 빠는 망
아지도 있었다

寂境

신살구를 잘도 먹더니 눈 오는 아침
나어린 아내는 첫아들을 낳았다

인가 멀은 산중에
까치는 배나무에서 짖는다

컴컴한 부엌에서는 늙은 홀아비의 시아부지가 미역국을
끓인다
그 마을의 외따른 집에서도 산국을 끓인다

未明界

자즌닭*이 울어서 술국을 끓이는 듯한 추탕(鰍湯)집의
부엌은 뜨수할 것같이 불이 뿌연히 밝다

초롱이 히근하니* 물지게꾼이 우물로 가며
별 사이에 바라보는 그믐달은 눈물이 어리었다

행길에는 선장 대여가는* 장꾼들의 종이등(燈)에 나귀
눈이 빛났다
어데서 서러웁게 목탁을 두드리는 집이 있다

城外

어두워오는 성문 밖의 거리
도야지를 몰고 가는 사람이 있다

엿방 앞에 엿궤가 없다

양철통을 쩔렁거리며 달구지는 거리 끝에서 강원도로
간다는 길로 든다

술집 문창에 그느슥한 그림자는 머리를 얹혔다

秋日山朝

아침볕에 섶구슬*이 한가로이 익는 골짝에서 꿩은 울어
산울림과 장난을 한다

산마루를 탄 사람들은 새꾼들인가
파란 하늘에 떨어질 것같이
웃음소리가 더러 산밑까지 들린다

순례(巡禮)중이 산을 올라간다
어젯밤은 이 산 절에 재(齋)가 들었다

무리돌*이 굴러나리는 건 중의 발꿈치에선가

曠原

흙꽃 이는 이른봄의 무연한 벌을
경편철도(輕便鐵道)가 노새의 맘을 먹고 지나간다

멀리 바다가 뵈이는
가정거장(假停車場)도 없는 벌판에서
차(車)는 머물고
젊은 새악시 둘이 나린다

흰 밤

옛 성의 돌담에 달이 올랐다
묵은 초가지붕에 박이
또 하나 달같이 하이얗게 빛난다
언젠가 마을에서 수절과부 하나가 목을 매어 죽은 밤도
이러한 밤이었다

靑柿

별 많은 밤
하늬바람이 불어서
푸른 감이 떨어진다 개가 짖는다

山비

산(山)뽕잎에 빗방울이 친다
멧비둘기가 닐다
나무등걸에서 자벌기가 고개를 들었다 멧비둘기켠을
본다

쓸쓸한 길

거적장사 하나 산(山) 뒷옆 비탈을 오른다
아—— 따르는 사람도 없이 쓸쓸한 쓸쓸한 길이다
산가마귀만 울며 날고
도적갠가 개 하나 어정어정 따라간다
이스라치전*이 드나 머루전이 드나
수리취 땅버들의 하이얀 복이 서러웁다
뜨물같이 흐린 날 동풍(東風)이 설렌다

석류

남방토(南方土) 풀 안 돋은 양지귀가 본이다
햇비 멎은 저녁의 노을 먹고 산다

태고(太古)에 나서
선인도(仙人圖)가 꿈이다
고산정토(高山淨土)에 산약(山藥) 캐다 오다

달빛은 이향(異鄕)
눈은 정기 속에 어우러진 싸움

머루밤

불을 끈 방안에 횃대의 하이얀 옷이 멀리 추울 것같이

개방위(方位)*로 말방울 소리가 들려온다

문을 연다 머루빛 밤하늘에
송이버섯의 내음새가 났다

여승

여승은 합장하고 절을 했다
가지취의 내음새가 났다
쓸쓸한 낯이 옛날같이 늙었다
나는 불경처럼 서러워졌다

평안도의 어느 산 깊은 금덤판*
나는 파리한 여인에게서 옥수수를 샀다
여인은 나어린 딸아이를 따리며 가을밤같이 차게 울었다

섶벌같이 나아간 지아비 기다려 십 년이 갔다
지아비는 돌아오지 않고
어린 딸은 도라지꽃이 좋아 돌무덤으로 갔다

산꿩도 섧게 울은 슬픈 날이 있었다
산절의 마당귀에 여인의 머리오리가 눈물방울과 같이
떨어진 날이 있었다

修羅

거미새끼 하나 방바닥에 나린 것을 나는 아무 생각 없이 문밖으로 쓸어버린다
차디찬 밤이다

어느젠가 새끼거미 쓸려나간 곳에 큰거미가 왔다
나는 가슴이 짜릿한다
나는 또 큰거미를 쓸어 문밖으로 버리며
찬 밖이라도 새끼 있는 데로 가라고 하며 서러워한다

이렇게 해서 아린 가슴이 삭기도 전이다
어데서 좁쌀알만한 알에서 가제 깨인 듯한 발이 채 서지도 못한 무척 작은 새끼거미가 이번엔 큰거미 없어진 곳으로 와서 아물거린다
나는 가슴이 메이는 듯하다
내 손에 오르기라도 하라고 나는 손을 내어미나 분명히 울고불고할 이 작은 것은 나를 무서우이 달아나버리며 나를 서럽게 한다
나는 이 작은 것을 고이 보드러운 종이에 받아 또 문밖으로 버리며
이것의 엄마와 누나나 형이 가까이 이것의 걱정을 하며 있다가 쉬이 만나기나 했으면 좋으련만 하고 슬퍼한다

비

아카시아들이 언제 흰 두레방석을 깔았나
어데서 물쿤 개비린내가 온다

노루

산골에서는 집터를 치고 달궤*를 닦고
보름달 아래서 노루고기를 먹었다

절간의 소 이야기

병이 들면 풀밭으로 가서 풀을 뜯는 소는 인간보다 영
(靈)해서 열 걸음 안에 제 병을 낫게 할 약이 있는 줄을
안다고

수양산(首陽山)의 어느 오래된 절에서 칠십이 넘은 노장
은 이런 이야기를 하며 치맛자락의 산나물을 추었다

統營

옛날엔 통제사가 있었다는 낡은 항구의 처녀들에겐 옛
날이 가지 않은 천희(千姬)라는 이름이 많다
미역오리같이 말라서 굴껍지처럼 말없이 사랑하다 죽는
다는
이 천희(千姬)의 하나를 나는 어느 오랜 객줏집의 생선
가시가 있는 마루방에서 만났다
저문 유월의 바닷가에선 조개도 울을 저녁 소라방등*이
불그레한 마당에 김냄새 나는 비가 나렸다

오금덩이라는 곳

어스름 저녁 국수당 돌각담의 수무나무* 가지에 여귀의
탱을 걸고 나물매* 갖추어놓고 비난수*를 하는 젊은 새
악시들
　——잘 먹고 가라 서리서리 물러가라 네 소원 풀었으니
다시 침노 말아라

벌개늪녘에서 바리깨*를 두드리는 쇳소리가 나면
누가 눈을 앓아서 부증이 나서 찰거마리를 부르는 것
이다
마을에서는 피성한 눈숡*에 저린 팔다리에 거마리를 붙
인다

여우가 우는 밤이면
잠 없는 노친네들은 일어나 팥을 깔이며 방뇨를 한다
여우가 주둥이를 향하고 우는 집에서는 다음날 으레히
흉사가 있다는 것은 얼마나 무서운 말인가

柿崎의 바다

저녁밥때 비가 들어서
바다엔 배와 사람이 홍성하다

참대창에 바다보다 푸른 고기가 께우며* 섬돌에 곱조개
가 붙는 집의 복도에서는 배창에 고기 떨어지는 소리가
들렸다

이슥하니 물기에 누굿이 젖은 왕구새자리*에서 저녁상
을 받은 가슴앓는 사람은 참치회를 먹지 못하고 눈물겨
웠다

어득한 기슭의 행길에 얼굴이 해쓱한 처녀가 새벽달같이
아 아즈내*인데 병인(病人)은 미역 냄새 나는 덧문을 닫
고 버러지같이 누웠다

定州城

산턱 원두막은 비었나 불빛이 외롭다
헝겊심지에 아주까리 기름의 쪼는 소리가 들리는 듯하다

잠자리 조을던 무너진 성터
반딧불이 난다 파란 혼(魂)들 같다
어데서 말 있는 듯이 커다란 산새 한 마리 어두운 골짜
기로 난다

헐리다 남은 성문이
하늘빛같이 훤하다
날이 밝으면 또 메기수염의 늙은이가 청배를 팔러 올
것이다

彰義門外

　　무밭에 흰나비 나는 집 밤나무 머루넝쿨 속에 키질하는
소리만이 들린다
　　우물가에서 까치가 자꾸 짖거니 하면
　　붉은 수탉이 높이 샛더미 우로 올랐다
　　텃밭가 재래종의 임금(林檎)나무에는 이제도 콩알만한
푸른 알이 달렸고 히스무레한 꽃도 하나둘 피어 있다
　　돌담 기슭에 오지항아리 독이 빛난다

旌門村

주홍칠이 낡은 정문(旌門)이 하나 마을 어구에 있었다

'효자노적지지정문(孝子盧迪之之旌門)'――먼지가 겹겹이 앉은 목각(木刻)의 액(額)에
　나는 열 살이 넘도록 갈지자(字) 둘을 웃었다

　아카시아꽃의 향기가 가득하니 꿀벌들이 많이 날아드는 아침
　구신은 없고 부엉이가 담벽을 띠쫗고* 죽었다

기왓골에 배암이 푸르스름히 빛난 달밤이 있었다
아이들은 쪽재피같이 먼 길을 돌았다

정문(旌門)집 가난이는 열다섯에
늙은 말꾼한테 시집을 갔겄다

여우난골

박을 삶는 집
할아버지와 손자가 오른 지붕 우에 하늘빛이 진초록이다
우물의 물이 쓸 것만 같다

마을에서는 삼굿을 하는 날
건넛마을서 사람이 물에 빠져 죽었다는 소문이 왔다

노란 싸릿잎이 한불 깔린 토방에 햇칡방석을 깔고
나는 호박떡을 맛있게도 먹었다

어치라는 산새는 벌배 먹어 고웁다는 골에서 돌배 먹고
아픈 배를 아이들은 열배 먹고 나았다고 하였다

三防

갈부던 같은 약수터의 산(山)거리엔 나무그릇과 다래나
무 지팽이가 많다

산너머 시오 리(十五里)서 나무둥치 차고 싸리신 신고
산(山)비에 촉촉히 젖어서 약물을 받으러 오는 두멧 아이
들도 있다

아랫마을에서는 애기무당이 작두를 타며 굿을 하는 때
가 많다

내가 생각하는 것은

백석 시집

시어 풀이

나와 지렁이
농다리 : 늪에서 사는 작은 민물고기.

山地
갈부던 : 갈잎으로 만든 장신구. 복잡하게 얽힌 정경.

統營
고당 : 고장.
호루기 : 쭈꾸미를 닮은 해산물.

오리
따디기 : 낮의 뜨거운 태양으로 달아오른 흙이 식어 푸석
　　　　푸석한 저녁 나절.
장몽 : 장날에 모인 장터 사람들.
닭의짖 올코 : 닭의 깃털로 만든 올가미.
소의연 : 소의 병을 고치는 사람.

湯藥
백복령 : 소나무 뿌리에서 기생하는 하얀색의 버섯으로 한
　　　　약재에 쓰임.
산약 : 마의 뿌리로 한약재에 쓰임.
택사 : 늪이나 논에서 자라며 한약재로 쓰임.

연자간
풍구재 : 곡물의 쭉정이·겨·먼지 등을 제거하는 농기구.
둥구 재벼오고 : 물동이를 안고 오는 것처럼 잡혀오고.

후치 : 땅을 가는 데 쓰는 농기구로 쟁기와 비슷함.

黃日

골갯논 : 마을 앞에 붙어 있으며 주로 물가에 인접하여 근
　　　　처에 소들을 방목하기도 함.
자개밭둑 : 자갈밭둑.

統營 —南行詩抄 2

가수내 : 여자아이. 경상도 방언, 가시내.
판데목 : 경상남도 통영 앞바다에 있던 수로 이름.

固城街道 —南行詩抄 3

건반밥 : 주로 잔치 때 쓰는 약밥.

咸州詩抄

막베둥거리 : 조끼처럼 걸쳐 입는 홑옷. 막베로 만듦.
막베잠방둥에 : 막베로 잠방이처럼 만든 속옷.
당콩순 : 강낭콩의 순.
성궁미 : 부처께 바치는 쌀.
화라지송침 : 소나무의 잔가지들을 칡덩굴이나 새끼줄로
　　　　　　묶은 나무더미.
하폄 : 하품.
세괏 : 매우 당당하며 억세고 날카로움.
남길동 : 저고리의 남색 깃동.

秋夜一景

왜줏하니 : 어둑하여 호젓한 느낌이 드는.
오가리 : 무·박·호박 등의 속을 말린 것.
석박디 : 물김치, 또는 나박김치.

　　　　외갓집
재통 : 화장실.
잿다리 : 재래식 화장실에 가로 걸쳐놓던 두 개의 널빤지.

　　　　개
아래웃방성 : 아래윗집.
낮배 : 낮에, 또는 점심때.
치코 : 키에 촘촘히 얽어 맨 새잡이 그물의 코.

　　　　석양
학실 : 노인들이 쓰는 안경.

　　　　내가 이렇게 외면하고
잠풍 날씨 : 바람이 잔잔하게 부는 날씨.

　　　　가무래기의 樂
뒷간거리 : 가까운 거리.
가무래기 : 까맣고 둥근 조개.
능당 : 응달.

　　　　물닭의 소리
닌함박 : 이남박. 쌀을 일 때 쓰는 바가지.
신미두 : 평안북도 선천군 운종면에 있는 섬.
청대나무말 : 푸른 대나무로 만든 어린이용 장난감 말(馬).
대모풍잠 : 바다거북의 일종인 대모의 갑으로 만든 풍잠.
　　　　　　풍잠은 망건의 당 앞에 대는 장식품.

　　　　박각시 오는 저녁
박각시 : 박각시나방.
주락시 : 주락시나방.

돌우래 : 쇠똥구리나 땅강아지와 닮았지만 좀 더 큰 벌레.

　　　　넘언집 범 같은 노큰마니
뜯개조박 : 뜯어놓은 천이나 헝겊조각.
끼애리 : 짚꾸러미.
소삼은 : 엉성하게 엮거나 짠.
엄신 : 엉성하게 엮어 만든 짚신.
게사니 : 거위.
벅작궁 : 무리를 지어 요란을 떠는 모양.
너들씨는데 : 한가로이 왔다갔다하며 아무 목적 없이 주위
　　　　　　를 맴도는 짓거리.
청눙 : 마을 입구나 야산 끝자락의 응달.
종아지물본 : 홍역을 앓다가 죽어가는 까닭도 모른 채.
구덕살이 : 구더기.
상사말 : 아직 길들이지 않은 말.
항약 : 떼 쓰면서 조르는 짓거리.
종대 : 꽃이나 나무의 본줄기.
제물배 : 제물(祭物)로 쓰이는 귀한 배.

　　　　童尿賦
싸개 동당 : 오줌싸개나 오줌을 누는 장소.

　　　　安東
되양금 : 중국의 현악기의 일종.
창꽈쯔 : 중국풍의 품이 너른 저고리.

　　　　咸南 道安
달가불시며 : 자그마한 체구로 격에 어울리지 않게 까불거
　　　　　　리며 호들갑을 떠는 모습.
해정한 : 맑고 깨끗한.

귀이리 : 귀리.
칠성고기 : 망둥이와 비슷한 고기의 일종.
쨋쨋하니 : 아주 선명하게.
들죽이 : 들죽나무의 열매.

　　　球場路 ―西行詩抄 1
자개들 : 작은 돌들이 널려 있는 들.
비멀이한 : 온 몸이 비에 젖은.

　　　入院 ―西行詩抄 3
내임 : 배웅, 환송.

　　　月林장 ―西行詩抄 4
덜거기 : 장끼.
주먹다시 : 주먹보다 큰 것.
떡당이 : 떡덩어리.
마가슬볕 : 오후 서너 시가 넘어갈 때의 햇살.
기장차랍 : 기장찹쌀.

　　　木具
들지고방 : 곡식이나 세간 등을 넣어두는 광.
신뚝 : 방이나 마루 앞에 신발을 올려놓도록 만든 돌이나
　　　　나무.
매연지난 : 매년 지내온.
최방등 제사 : 정주 지방의 전통적인 제사 풍속. 5대부터
　　　　　　　는 차손(次孫)이 지내는 제사.
대멀머리 : 아무것도 쓰지 않은 머리.
외얏맹건 : 오얏 망건. 망건을 쓴 모습이 오얏꽃처럼 단정
　　　　　　하게 보이는 데서 유래한 말.
반봉 : 크고 물좋은 생선을 골라 제사상에 올리는 것.

호호히 : 끝도 없이 넓고 아득하게.

　　　수박씨, 호박씨
즛 : 짓.
밝는다 : 까먹는다.
도고하니 : 짐짓 의젓하니.
오두미 : 고대 중국의 현감 벼슬에 해당되는 월급.

　　　北方에서 ―鄭玄雄에게
홍안령 : 만주의 북쪽에 있는, 대·소홍안령 산맥.
음산 : 음산산맥의 주산(主山).
아무우르 : 흑룡강.
숭가리 : 송화강.
오로존 : 만주의 유목 민족.
쏠론 : 만주 홍안령 너머에 살며 문명이 발달한 부족.
보래구름 : 흩어져 날리는 작은 구름.

　　　歸農
백구둔 : 중국 신경(新京) 근교의 농촌 마을.
밭최뚝 : 언덕빼기 밭 사이의 경사진 부분.
즘부러진 : 짓눌린 상태로 땅에 퍼진.
장글장글 : 몸을 간지르듯이 따갑게 내리쬐는 햇빛.
석상디기 : 석섬지기. 만주의 농지 면적 단위.
백령조 : 몽고의 종달새.
마돝 : 말과 돼지.
돝벌기 : 감자 뿌리나 줄기를 갉아서 잘라 죽이는 벌레.
울바주 : 대·수수깡·갈대·싸리 등으로 만든 울타리.
쇠리쇠리한 : 눈부신.
충왕 : 중국에서 농사를 주관하는 신.
토신 : 흙을 다스리는 신, 충왕과 함께 농사를 주관함.

국수

김치가재미 : 김칫독을 묻어두는 곳.

양지귀 : 양지 한 귀퉁이.

능달 : 응달.

은뎅이 : 언저리.

예데가리밭 : 산에 있는 작고 오래된 비탈밭.

들쿠레한 : 조금 달착지근하면서도 구수하고 시원한.

댕추가루 : 고춧가루.

탄수 내음새 : 식초 냄새.

삿방 : 갈대로 만든 자리를 깐 방.

아르굴 : 아랫목.

촌에서 온 아이

두룽이 : 헐렁한 윗옷이며, 길이가 무릎까지 오는 옷.

징기징기 : 세수를 하지 않아 얼굴에 드문드문 더러운 자
　　　　　국이 있는.

앙광이 : 얼굴에 검정이나 먹으로 칠해 놓은 것.

지게굳게 : 타일러도 듣지 않고 무슨 일을 시켜도 잘 듣지
　　　　　않음.

튀겁 : 겁.

스스로웁게 : 자연스럽게.

썩심하니 : 맑지 않은 목소리.

반꿋이 : 살짝.

호끈히 : '후끈히'의 작은 말.

쓰렁쓰렁 : 일을 건성건성 하는 모양.

흰 바람벽이 있어

때글은 : 오랫동안 때와 땀에 젖은.

울력하는 듯이 : 여럿이 힘을 합해 협박하듯이.

바구지꽃 : 박꽃.

짝새 : 뱁새.

　　　澡塘에서
나주볕 : 저녁 햇빛.
양자 : 중국의 춘추 전국 시대 학자인 양주(楊朱).

　　　杜甫나 李白같이
가업집 : 음식집.
원소 : 중국의 정월 대보름날, 또는 그 날에 먹는 떡.
느꾸어 : 가슴에 사무쳐 마음에 겨운.
오독도기 : 폭죽놀이.

　　　山
쉬영꽃 : 수영꽃.
뻐꾹채 : 국화과의 여러해살이풀의 일종.
게루기 : 초롱꽃과의 여러해살이풀의 일종.
복장노루 : 뿔이 나지 않는 작은 사슴.

　　　적막강산
벌배채 : 들에 자라고 있는 배추.

　　　마을은 맨천 구신이 돼서
맨천 : 사방 천지.
디운구신 : 땅의 운을 주관하는 귀신.
굴통 : 굴뚝.
굴대장군 : 검고 키가 큰 귀신.
얼혼이 나서 : 얼이 빠져서.
곱새녕 : 초가집의 용마루나 토담 위에 마치 지네 모양으
　　　　　로 엮은 이엉.
털능구신 : 대추나무에 숨어 있다는 귀신.

연자당구신 : 연자간을 다스린다는 신(神).
화리서리 : 팔과 다리를 활달하게 흔들며 걷는 모습.

七月 백중
개장취념 : 몇 명이 돈을 추렴하여 개장국을 끓여 먹음.
천진퓌치마 : 가는 베로 짠 치마.
물팩치기 : 무릎까지 오는.
껑추렁한 : 짧은 치마를 입어 유난히 다리가 길어 보이는
　　　　　어색한 모양.
쇠주퓌적삼 : 명주실로 짠 적삼.
기드렁한 : 길쭉하여 길게 늘어뜨린 모양.
꼬둘채댕기 : 머리의 다래를 얹을 때 쓰이는 빨간 댕기.
따배기 : 짚으로 곱게 짠 신.
즈벅이고 : 묵묵하게 출렁이고.
광지보 : 광주리 보자기.
백재일치듯 : 햇볕을 가리기 위해 치는 흰 천막.
붕가집 : 가까운 일가 친척집.
문주 : 빈대떡, 또는 부침개.
호주를 하니 : 몸이 젖어 후줄근하게 되어.

南新義州 柳洞 朴時逢方
딜옹배기 : 질옹배기.
북덕불 : 짚북데기에 붙인 불.
나줏손 : 저녁 무렵.

고방
질동이 : 질그릇 만드는 흙으로 구워 만든 동이.
임내 : 흉내.
채어먹었다 : 훔쳐 먹었다.
둑둑히 : 많이 있다는 뜻. 두둑이.

　　　　가즈랑집

깽제미 : 놋그릇 등을 두드리는 것.
막써레기 : 거칠게 막 썬 담배잎.
구신간시렁 : 귀신을 모셔 놓은 시렁.
당즈깨 : 뚜껑 있는 바구니.
수영 : 수양(收養). 명목상으로 아들딸의 대리 부모를 정하
　　　는 것.
아르대즘퍼리 : 아래쪽에 있는 진흙 벌.
제비꼬리 : 난초와 비슷한 식용 산나물의 일종.
마타리 : 마타리과의 다년초.
쇠조지 : 식용 산나물.
물구지우림 : 물구지의 알뿌리를 물에 우려내어 쓴맛을 없
　　　　　앤 뒤 계속 끓이면 엿처럼 됨.
둥굴레우림 : 둥굴레 뿌리를 말렸다가 물에 담가 여러 날
　　　　　풀물을 우려낸 다음 찌거나 삶으면 까맣게
　　　　　변하며 단맛이 생김.
당세 : 좁쌀이나 술찌꺼기로 만든 죽.
집오래 : 집 근처.

　　　　여우난골族

오리치 : 야생 오리를 잡기 위해 삼베로 만든 올가미.
숨굴막질 : 숨바꼭질.
아르간 : 아랫방.
조아질 : 공기놀이.
쌈방이 : 주사위.
바리깨돌림 : 방바닥에서 주발뚜껑을 돌리며 노는 놀이.
호박떼기 : 아이들의 놀이.
제비손이구손이 : 어린아이들이 다리를 끼고 노는 놀이.
화디 : 등대로 호롱불을 올려놓는 나무 받침대.
사기방등 : 사기로 만든 등불.

136

홍게닭 : 이른 새벽에 우는 닭.
텅납새 : 처마의 안쪽 지붕이 도리에 얹힌 부분.
무이징게국 : 무를 삶아 그 물을 없애고 무만 남겼다가 잔
　　　　　치 때 다시 끓이는 국.

　　　古夜
노나리꾼 : 농한기나 그 밖의 한가할 때 소나 돼지를 잡아
　　　　　내장은 그 자리에서 술안주로 하고, 고기는 나
　　　　　누어 가지는 사람.
날기멍석을 져간다는 : 곡식을 널어 말리는 멍석 채 훔쳐
　　　　　　　　　간다는.
니차떡 : 인절미.
조마구 : 한 발로 다니는 난쟁이 도깨비.
재밤 : 한밤.
삿귀 : 갈대로 엮은 자리의 귀퉁이.
쇠든밤 : 말라서 시든 밤.
은행여름 : 은행 열매.
천두 : 천도 복숭아.
쩨듯하니 : 눈이 부실 정도로 환한.
죈두기송편 : 작고 둥글게 빚은 송편.
냅일날 : 동짓날을 지나 세 번째 술일(戌日)이나 미일(未日).
앙궁 : 아궁이.
곱새담 : 짚으로 엮은 담.
버치 : 자배기보다 조금 깊고 큰 그릇.
대낭푼 : 커다란 양푼.
눈세기물 : 눈이 섞인 물.
갑피기 : 염소똥처럼 배설하며 배가 아픈 병.

　　　모닥불
갓신창 : 소가죽으로 만든 신의 밑창.

개니빠디 : 개의 이빨.
재당 : 서당의 주인이나 향촌(鄕村)의 최고 어른에 대한 존
　　　칭.
초시 : 초시에 합격한 늙은 양반.
몽둥발이 : 딸려 있던 것이 다 떨어지고 몸뚱이만 남은 물
　　　건.

　　　오리 망아지 토끼
동비탈 : 동둑의 비탈.
동말랭이 : 논에 물이 흘러가는 도랑의 뚝.

　　　酒幕
붕어곰 : 붕어를 알맞게 지지거나 구운 것.
팔모알 상 : 팔각으로 만들어진 개다리 소반.
장고기 : 잔고기.

　　　未明界
자즌닭 : 자주 우는 새벽 닭.
히근하니 : 희뿌옇게.
선장 대여가는 : 이른 시장에 때 맞추어 가는.

　　　秋日山朝
섭구슬 : 이슬방울.
무리돌 : 길바닥에 널린 많은 돌.

　　　쓸쓸한 길
이스라치전 : 앵두가 지천에 깔려 있는 곳.

　　　머루밤
개방위 : 북서쪽의 방향. 술(戌) 방위.

　　여승

금덤판 : 금을 캐거나 파는 산골의 장소, 또는 그곳에서
　　　간이 식료품 등 잡품을 파는 곳.

　　노루

달궤 : 달구로 집터를 단단히 다지는 일.

　　統營

소라방등 : 소라 껍질로 만든 등잔불.

　　오금덩이라는 곧

수무나무 : 살구나무 종류로 귀신 쫓는 나무임.
나물매 : 나물과 밥.
비난수 : 귀신의 원혼을 달래주며 비는 말과 행위.
바리깨 : 주발뚜껑.
눈숡 : 눈시울. 눈 언저리.

　　柿崎의 바다

께우며 : 끼워 있으며.
왕구새자리 : 왕골 껍질이나 부들잎을 짜서 엮은 돗자리.
아즈내 : 초저녁.

　　旌門村

띠쫗고 : 부리로 마구 쪼는 행위.

백석의 생애 이야기

　백석(白石)은 본명이 백기행(白夔行)이며, 1912년 평안북도 정주군 갈산면 익성동의 오산 마을에서 사진기자 출신인 아버지 백시박(白時璞)과 어머니 이봉우(李鳳宇) 사이에 장남으로 태어났다.

　어려서부터 총명했던 그는 당시 오산학교(五山學校) 교장으로 있던 고당(古堂) 조만식(曺晩植) 선생의 남다른 귀염과 사랑을 받아왔다.

　그 무렵 직장을 그만두어 오랜 실직으로 인해 생활 무능력자가 된 아버지는 가난에 견디다 못해 어머니와 의논하여 오산학교 앞에서 하숙집을 차렸는데, 조만식 선생은 이 때 백석의 집에서 하숙을 했다.

　열세 살에 오산소학교를 졸업하고 열여덟 살에 오산고보를 우수한 실력으로 졸업하였으나, 그는 가정 형편으로 상급 학교에는 진학하지 못했다.

　그의 학교 생활은 그 자신의 특이한 성격으로 인해 친구들과 잘 사귀지를 못했다고 한다. 따라서 공부에만 힘을 기울였다고 하는데, 영어와 암기 과목에 특별히 뛰어나 교사들로부터 칭찬을 받았다고 한다.

1929년, 학교를 졸업하고 더 이상 진학하지 못하자 그는 문학 수업에 전념한 결과 다음해 <조선일보>의 신춘문예에 작품 <그 모(母)와 아들>로 열아홉 살의 어린 나이에도 불구하고 당당히 1등 당선을 했다. 이로 인해 그 해 4월에는 조선일보사 방응모(方應謨)의 장학금으로 일본 동경의 명문 대학인 청산학원(靑山學院) 영어사범과에 입학하였다.

꿈에 그리던 대학 생활을 시작한 백석은 오로지 공부에만 전념하여 매학년마다 계속 수석을 차지하여 교수들은 물론 학우들로부터 사랑과 존경을 한몸에 받았다. 특히 그는 외국어 실력에 천재성을 발휘하였는데, 영어를 비롯해 불어·독일어·러시아어는 어느 누구도 그를 따라오지 못했다고 한다.

1934년, 청산학원을 졸업한 후 귀국하여 조선일보사 교정부에 잠시 근무하다가 1935년에는 부서를 바꾸어 출판부에서 잡지《조광(朝光)》을 편집하였다. 이때부터 그는 수필을 비롯해 시와 소설을 발표하기 시작했다. 첫 장편소설인 <마을의 유화(遺話)>를 6회에 걸쳐 연재하였고, 단편소설인 <닭을 채인 이야기>를 발표하기도 했다. 1935년 8월, 그는 조선일보에 시 <정주성(定州城)>을 발표함으로써 정식으로 문단에 데뷔하게 되었으며, 이 시는 문단에 크나큰 반응을 불러일으켰다. 계속하여 <산지>, <비>, <여우난곬족(族)>, <힌밤> 등을《조광》지에 발표하였고, <늙은 갈대의 독백>이란 훌륭한 산문도 선보이고 있다. 그리고 이 해에 무엇보다 백석에게 중요한 사건은 친구인 허준(許俊)의 결혼식에서 한평생 마음의 연인으로 남은 난(蘭)이란 여인을 만났다는 사실이다. 그가 살아가면서 겪은 숱한 이혼 경험은 아마도 이 여인 때문인 것으로 추정되고 있다.

1936년 1월에 백석은 자비(自費)로 100부 한정판인 시집 《사슴》을 출판하였다. 한지(韓紙)에다 최고급 장정을 한 이 호화스러운 시집에는 총 33편의 시를 수록하였다. 같은 해 4월, 그는 《조광》의 편집 기자를 그만두고, 함흥에 있는 영생고보(永生高譜)에 영어선생으로 부임하였다.

그의 뛰어난 어학 실력은 학생들을 완전히 매료시키기에 부족함이 없었다. 그는 열성적으로 학교일에 매달려 주위의 모든 이들로부터 존경과 사랑을 받았다.

1937년 4월, 그가 온갖 열정을 바치며 사랑했던 난이란 여인이 자기의 친한 친구와 결혼해 버리자 그만 큰 충격을 받고 말았다. 이 충격에서 헤어나기 위해 함경도를 여행하였는데, 이 때 시 5편을 묶어 <함주시초(咸州詩抄)>를 《조광》지에 발표했다. 그 이후 그는 계속하여 시와 수필을 발표하다가 1938년 영생고보에 학내 분규가 일자 교편 생활을 그만두고 다시 서울로 올라와 버렸다. 1939년 1월 조선일보사 출판부에 재입사하여 잡지 《여성》을 편집하면서 수필 <입춘>을 발표하였다. 그러나 격무에 시달리자 시를 쓸 수 없음을 알고 10월에 다시 사표를 낸 뒤 평안도와 함경도 지역을 여행하면서 <서행시초(西行詩抄)>를 썼다. 그 해 12월 그는 더욱 문학에 정진하기 위해 비장한 각오로 만주로 갔다. 만주의 이곳저곳을 전전하면서 그는 <북방에서>, <고독>과 같은 많은 걸작들을 발표하였고, 《테스》를 완역하기도 했다.

1941년 2월, 평양에서 부친이 변호사를 하고 있는 문경옥(文鏡玉)이란 여인과 결혼을 하고는 만주로 이주하여 세관리(稅官吏)로 생활하다가 고향으로 돌아왔다. 그리고 잠시 고향에서 생활하다 평양에서 해방을 맞았다.

1946년, 부인과 헤어진 뒤 그는 조만식 선생의 통역 비서로 근무하다가 러시아 작가인 솔로호프의 《고요한 돈강》을 완역하여 이름을 날리기도 했다. 그런데 백석은 고당 조만식 선생의 비서를 했다는 이유로 북한 정권의 숙청 대상이 되었지만, 그를 아끼는 많은 외국인의 도움으로 겨우 목숨을 보존했다고 전한다. 하지만 함경도 오지의 협동농장으로 끌려가 중노동을 하다 1963년경에 작고한 것으로 알려지고 있다.

전형적인 한국인의 모습과 민족 언어를 통한 주체성 확립을 위해 심혈을 기울인 시인 백석, 단지 북한에 거주했다는 이유 하나로 오래 묻어 두었던 위대한 시인 백석을 우리는 늦었지만 이제 그의 생애와 작품 세계를 진지하게 파헤치고 사랑할 때가 분명 왔다.

판 권
본 사
소 유

내가 생각하는 것은

1995년 11월 30일 초판인쇄
1995년 12월 10일 초판발행

지은이/백석
펴낸이/김영길
펴낸곳/도서출판 선영사
본사/부산시 중구 중앙동 4가 37-11
전화/(051)469-8857, 465-9616
서울사무소/서울시 마포구 동교동 205-17 동서빌딩
전화/(02)338-8231,
(02)338-8232
팩시밀리/(02)338-8233
등록/1983년 6월29일 제 카1-51호

ⓒ Korea Sun-Young Publishing Co., 1995
잘못된 책은 바꾸어 드립니다.

ISBN 89-7558-841-6   03810

도선영사

Sun Young Publishing Co.

도서출판 선영사

Sun Young Publishing Co.